亡き父のための山茶花(さざんか)

アシナガバチの巣

オールドローズの花も葉も落ちてからになったアシナガバチの巣

バラ（オールドローズ）

最愛のミミ

ミミとシャレード　琵琶湖にて

三つの宝物

ヒグラシの森に風は流れて

Sanae Saki
左樹 早苗

文芸社

目次

山茶花（さざんか）の香り

亡き父は山茶花の花が好きだった。私は父が大好きだった。

数年前、ある店で小さな山茶花の鉢植えを目にした。父の好きな白い八重の花だった。迷わず、すぐ買った。父の写真を飾っている部屋の窓からよく見えるようにベランダに置いた。買ったときはせいぜい二十センチ。今では、七十センチほどに伸びている。地植えすればどんどん大きくなってゆくのは分かっているけれど、庭はないし、小さな鉢で少しずつ、ゆっくり、大きくなってゆく様子を観察するのも楽しい。父も楽しんでくれているような気がする。

十一月に入るとつぼみがどんどん大きくなってゆき、二月半ば頃にかけて、毎年十一個くらい、大きな、白い、八重の、美しい花が咲く。その香りたるや、花の美しさに決してひけを取らない。

　山茶花は椿と花は似ているが、大きく異なるのは、花が終わったあと花弁が散ってゆくこと。椿のように、ぽとんと花が丸ごと落ちたりしないところがいい。

　今年、いつものように花に鼻をくっつけて香りを楽しんでいたら、不思議なことに気が付いた。咲いている花のうち、その中の三つに、あの甘い香りが殆どしないのだ。花に香りがない山茶花。一体どうしたのだろう。花そのものは美しいのに。

　ところが、花が最盛期を終え、白い花びらが少しずつ褐色に変わってゆく頃……その頃になって、あの濃密な香りが戻ってきたのである！　一大発見だった。

　花びらがすべてすっかり枯れてしまっても、褐色の花びらは甘く香った。褐色の花びらがすべてすっかり散ってしまっても、花がくっついていた枝の部分は甘くかぐわしかった。三日たっても四日たっても香りはそのまま残っていた。花はもうないのに……。そして……何と、一ヶ月たっても、まだ、かすかに香ったのだ！

山茶花に詳しい人なら、どういうことなのかきっと簡単に説明がつくのだろう。意外と単純なことなのかもしれない。でも、そういった説明はなくてもいいかなと思う。単純に不思議がって、花びらが散ってしまったあとの小さな枝に鼻をくっつけて、香りを楽しんでいたい……。

人の場合でも、山茶花の香りのように、亡くなったあともずっと芳香を放ち続ける人がいる。

都会の片隅に住む人であれ、人里はなれた山奥の寒村に住む人であれ、どんな人にも、それぞれの人生で関わりを持ち、死別したあと、いつまでも忘れられない人がいることだろう。

私にもそういう人がいる。折に触れてふっと思い出す。そのたびに、懐かしい思い出が胸によみがえり、しみじみとした気持ちになる。その人は、私の心の中で、その笑顔や、声や、話し方や、たたずまいと共に復活するのだ。

彼は卓越した技量の持ち主だった。私が十代で始めた生け花の師匠で、その当時、既に七十代半ばに達しておられたのではないかと思う。習い始めたきっかけは、単に、今では死語のようなものだが「花嫁修業」の一環で、先生のお宅が私の家から近かったから。

私が生け花に惹きつけられ大好きになって、週に二回、先生のご指導を仰ぎ、更に、その後当時東京にあった大手流派の華道専門学院にも通って教授の資格を取得し、その後の自分の人生で花と深く関わるようになったのは、すべて、先生に出会ったからである。

先生は、小柄でとても細く、「各地をひっそり俳句行脚する松尾芭蕉の姿」を彷彿とさせ、それでいて、いったん花や枝ものを前にすると、どこにそんな力が隠されていたのか、パワフルでエネルギッシュな若者に変身し、大きくて太い枝を沢山自在に扱い、完成した大作はのびやかで大胆そのものだった。見た目はとても繊細で弱々しいご高齢の先生と、その作品とのギャップに戸惑ってしまうことがよくあった。

花を生けながら「これが点じゃ。これが線じゃ」と、小さな声でいつも優しく指導してくださった先生のお姿は、今でもはっきり思い出すことが出来る。

時折思う。先生は、一体どこに逝かれてしまったのだろう。あの「抜群のセンスと素晴らしい技量」を、先生は一体どこに持ってゆかれたのだろう……。

自分も「そのとき」がきたら、山茶花のように散ってゆきたいものだと思う……。咲いているときは香りがなくても、咲いているだけでいい。花びらが枯れて褐色になり始める頃、甘美な香りを放ち始め、枯れた花びらがすべてすっかり散ってしまったあと、一人でもいいから、誰かに、かぐわしい香りをいつまでも残し、その人の心の中でずっと生き続けることが出来たら、と、思う……。

アシナガバチの旅立ち

ベランダにオールドローズの木が一本ある。五年前ある園芸店で買った。薄紫がかったピンクの一重のバラ。花の美しさは本当にたまらない。見れば見るほどうっとりしてしまうのだが、それに負けず劣らず、品の良い甘い香りがこれまた素晴らしい。花に鼻をくっつけて香りを味わっていると、このまいつまでも、この幸せに包まれていたいと思ってしまう。人も生まれつき、こんな香気ただよう生き物だったらどんなにいいだろう。

このオールドローズはよく成長してくれて、毎年五月には大きな花がたくさん咲いた。しかし昨年、肥料が十分でなかったのか、葉の勢いにかげりが見え、花数も少なくなったので、今年、バラ専用の良い土に変えて堆肥もたっぷり混ぜ、鉢もひと回り大きなものにした。きっと元の元気を取り戻してくれることだろう。

昨年五月、このオールドローズに水やりをしていたら、蜂が一匹、目の前をかすめた。小さなベランダにはいろいろ草花があるので、蜂が飛んできても、いつものことで珍しくはない。ミツバチくらいの小さな蜂だったし、一匹だけだったので、そのまま平気で水やりを続けた。たまに大きな蜂がやってくるが、そんなときは怖いのですぐ室内へ避難する。

翌日、また一匹、ベランダを飛んでいた。その翌日も翌々日も。どうやら同じ蜂のようだ。私がすぐ近くにいても逃げないし、私を攻撃してきたりもしない。こちらに害さえ与えなければ、蜂さん、追っ払ったりしませんからね。共存ＯＫですから！

その蜂は、体が細長く、足が比較的長いので、ミツバチでないことは分かった。そしてついに、オールドローズの細い枝に巣作りを始めた。この美しいバラの木を選ぶなんて、蜂さん、あなたもなかなかお目が高い。かぐわしい花の香りもお気に召しましたか。

室内からガラス戸越しに観察していると、その働き振りには頭が下がった。一日のどの時間帯に見ても、一心不乱に働いている。きっと朝から晩まで休みなく働いているのだ。

そのうち、気が付くと蜂の数が三匹になっていた。まだまだ小さいながら、巣の形が出来上がってきた。蜂を刺激しないように水やりには神経を使った。白い大きな帽子をかぶって刺されないように注意したが、私がどんなに近くにいても、三匹は私のことなどお構いなく、せっせと巣作りに励んでいた。本などで調べて、アシナガバチだと分かった。スズメバチほどではないが、刺されると危険な蜂だということも知った。

オールドローズの花の季節が終わる頃、三匹の蜂は五匹になっていた。そして夏も盛りを過ぎ、秋風が立ち始める頃、いつの間に増えたのだろう。その数はなんと十五匹になっていた。かぶり笠のような形をした巣はどんどん大きくなった。直径が、七センチくらいはありそうだった。蜂の数がいくら増えても、私とは共存出来ていた。すぐそばにいても、一度たりと攻撃されることはなかった。

そして、ついに、十八匹になった！　十八匹になったのだ！

最初、女王蜂が巣作りに適した場所を探し、そこへ、まず自分ひとりで小さな巣を作る。その中へ卵を産む。その卵がかえり幼虫となると、女王蜂は樹液など栄養を与え続ける。成長した蜂は、すぐさま働き蜂となって巣作りに励み、ただひたすら働いて、自分が生まれた巣をどんどん大きくしてゆくのだという。そして越冬して生き残れるのは、女王蜂だけだという。市の動物相談室の専門家に教えてもらってはじめて知った。

そうでしたか！　女王蜂以外の十七匹は、美しく、かぐわしいバラの木がふるさとでしたか！

十月に入った。強風と激しい雨の日が続いた。オールドローズの木はベランダにあるので、蜂たちが直接雨に打たれるわけではないが、夜は冷え込んだ。私はとても気になり、しょっちゅう観察していた。

十月七日。朝、私は目覚めると真っ先にカーテンを開け、蜂たちを見てみた。前夜特別冷え込んだので、とても心配だった。

ベランダの向こうから直接吹き付ける風と冷気を少しでも避けるためなのだろう。かぶり笠のような巣の、私の部屋のガラス戸に近い側へ十八匹が移動し、重なり合うようにして身を寄せ合い、黒いかたまりとなって寒さをしのいでいる。人間は寒ければいくらでも暖かく快適に過ごせる方法を知っている。でも、こういった小さな生き物たちは、なすすべもなくこんな風にして寒さに耐えるしかない。春から一生懸命、働きづめだった蜂たちを思い、可哀そうで哀れを覚えたが、これも自然の摂理なのだろう。

前の日まで続いた荒れ模様の天気が一掃され、空は青く晴れ渡り、風もおさまって、爽やかな気持ちの良い秋の一日が始まった。蜂たちは又、笠全体に分散し、働き始めた。

正午過ぎ、私は蜂たちに「こんにちは。元気?」と、ガラス戸越しに挨拶をし、それからゆっくり昼食を済ませた。そのあと雑用をこなした。

午後二時過ぎ、また蜂たちを見てみた。すると、いつもは十八匹の蜂で黒っぽく見えるかぶり笠が、白っぽい。いやな予感がした。何ということ！　蜂がいないのだ！　蜂がいない！　蜂がいない！　蜂が一匹残らずいなくなっているではないか！

　春から数ヶ月もの間、私と一緒に生きてきたのに……よりによって今日、たった二時間私が目を離していた隙に、私の前から、永遠に姿を消してしまうなんて……。

　白い帽子をかぶって、用心しながらこわごわオールドローズに水をやったこと、仲間がどんどん増えて十八匹になっても、すぐそばで動く私を一度も攻撃しなかったこと、ガラス戸越しに、たくさん会話をしたよね。毎日毎日、朝から晩まで働きづめで、私にもっともっと頑張れ、と手本を示してくれたよね。本当に有り難う。

　でもね、蜂さん。美しいオールドローズに別れを告げて、貴方たちみんながいっせいに、白い雲が流れる高い秋の空の彼方へ飛び去ってゆくとき、この目でしっかり見送りたかった……。

さようならを言いたかったなあ……。

蛍かごの詩（うた）

長い間、五月雨（さみだれ）は五月に降る雨のことだと思っていた。五月は五月でも、陰暦の五月のことで、新暦では、六月に入って降り続く梅雨のことだと知ったのは、一体、いつのことだったか。

同じ頃、五月晴れ（さつきばれ）も、梅雨の晴れ間のことだと知った。ただ、五月の空の晴れ渡っている様子も意味するということなので、少々まぎらわしい。

五月と六月は、私の大好きな季節だ。

新緑にけぶる山並みを遠くに、初夏の南風が私の頬をなでながら緑の中を吹き抜けてゆく。爽やかな風は、わずかに青色を帯びていて、かぐわしい花の香りがする。そのうえ、涼やかな音色の音楽さえ伴っているではないか。

そして梅雨。しとしと降る梅雨時の雨に濡れて咲く「あじさい」。この花の美しさは、雨があればこそ一層際立ち、傘を差しそばに立ってみずみずしい緑の葉の上で光るしずくをいつまでも眺めていると、こんなにまで雨と相性の良い花もほかにはないだろう、と思えてくる。しとしと降る梅雨時の雨とあじさいは、相まってえも言われぬ風情をかもし出す。

この季節に咲く「蛍かご」がまた、好きである。

「蛍かご」は野辺の花。地味で目立たない花だけれど、路傍でも山道でも、どこでも咲いているので、だれでもよく目にしているはずだ。でも名前となると、知らない人が多いかもしれない。葉は、てんぷらなど食用にも広く利用されているとのことだが、私は食べたことはない。

つい最近まで、私はこの花を「ホタルブクロ」と呼んでいた。植物図鑑には、「ホタルブクロ」と記されている。でもそれはもうどうでもよいことだ。今の私には、この花は「ホタルブクロ」ではなく、絶対に「蛍かご」なのだから。

大人の人差し指位の大きさで、先端は、ちょうど「桔梗」の花のような切れ込みが入っている。ほんの少し裾広がりでひらひらして柔らかそうに見える。見えるだけで実際には少しの風にもそよがない。ちょうど釣鐘のような形をしている。下を向いて咲く、色も白、紫、淡い紫、ピンク、淡いピンクなど多彩で、なかでも淡い紫が一番好きだと思っていたら、先日、草むらの中で素晴らしい蛍かごを見つけた。その花は真っ白で、形も大きさも完璧だった。可憐でありながら、風雅で気品があった。本当に美しかった。だから今では淡い紫と白の両方が好きだ。

何故私にとって「ホタルブクロ」でなく「蛍かご」なのか、そのわけをお話ししましょう。

ある人から聞いた、一編の美しい詩のようなお話。その情景を想像するだけで、胸がわくわくしてくるお話。

その人が子どもの頃、この花は、その辺りでは「蛍かご」と呼ばれていたそうな。夏の夜、母に蚊帳を吊ってもらう。蚊帳の中に「蛍かご」の花を持ち込み、その花の中に、そっと蛍を入れる。その蛍は宵闇が迫る頃、遊び友だちと家の近くの土手に行き、下を流れる小川で捕まえてきたものだ。
真っ暗な蚊帳の中で寝床に横たわり、何も見えない空間に目をやり、じっとしていると、枕もとに置いた「蛍かご」の花がほんのり青白く光り、蚊帳全体が、ごくうっすらと闇の中に浮かび上がる。と思うと、ふっと暗くなり、また何も見えなくなる。何度も何度も繰り返され、そのうちに、いつのまにか眠っていたそうな。

この話を聞いたとき、私は一匹の蛍になった。

いとしいひとの枕辺に　白い蛍かごの花が一輪
私は　蛍
ゆらゆら飛んで　その蛍かごの花の中に　そっと身を潜める
あたりは暗くて　静寂の世界

蛍かごの花の中で
愛するあなたを想い
小さな　小さな灯かりをともし
優しく　いつまでも　点滅する
疲れたからだを横たえて　眠りの世界へ入らんとするいとしいひとを
魅惑の夢の世界へいざなうために

かすかに聞こえる　安らかな　寝息

蛍かごの花の中で
もう動くこともない

はかない命
静かに　満ち足りて

母のご飯茶碗

デパートでいろいろ買い物をしていたとき、買っているものが全部自分のものだと気付いて、愕然とした。母のことを思い出したのだ。彼女のことをまったく考えていない自分に、しばらく考え込んでしまった。「母へのプレゼント」「母に何かを買ってあげること」は、あんなにいつも頭の中にあったのに……。

母が亡くなって六年になろうとしている。

母が亡くなってからもしばらくは、買い物に出かけたとき、相変わらず、母に似合いそうなものを探している自分が、確かにいた。ただ「これはいいな」と思っても、実際に買うことはなくなった。それが違っただけだった。

それなのに、いつ「母へのプレゼント」が、頭の中から抜け落ちたのだろう?

……。

母とは遠く離れて暮らしていたので、電話ではたびたび話をしていたけれど、実際に会うのは一年に一度くらい、亡き父のお墓参りに帰省するときだけだった。

母は、私の姉や孫など、たくさんの人がまわりにいて幸せに暮らしていたので、私に出来ることといえば、せいぜい、手作りのお菓子や食べ物を送ったり、何か品物をプレゼントすることくらいだった。だから、たとえ自分の買い物に出かけても、いつも母のことが頭の隅にあって「これは母に似合いそうだな」とか「母にぴったりだ」と思える品物を目にすると、自分の買い物はいつも二の次となった。母の喜ぶ顔が目に浮かび、すぐ買った。「母の日」や「敬老の日」、「母の誕生日」などは勿論のこと、年中、いつもそうだった。母へのプレゼントは常日頃アンテナを張っていたから、意外なときに、意外な店で「これだ」と思えるものに出会えた。

プレゼントは、ほんのちょっとしたものが多かったけれど、バッグだけは毎年のように贈るものだから、母も一応「ありがとう」とは言うのだけれど、必ずそのあと「バッグもようけ（たくさん）あるから、もう送ってくれんでもええよ。あんまりお金を使わんように」と付け加える。今考えると、これは、贅沢なことがきらいだった母の本音だったような気がする。私のプレゼントは、ときには少しありがた迷惑だったのかもしれない……。

けれど、たかがバッグとはいえ、サイズが大きすぎず、とにかく軽くて、中の財布や、診察券や家の鍵などがすぐ取り出せて、しかもデザインや色が年寄り臭くなくモダンで、かといって派手すぎず、なによりも母が気に入ってくれそうなもの、となると簡単には見つからないのだ。それに春夏秋冬それぞれの季節に合わせて、一年に四つは欲しいではないか。また母には、何年も同じものを使って欲しくない。

自分のバッグには相当無頓着で、夏でも冬でも、同じものを何年も使ったりしている私だが、若いときから身だしなみにはいつも気を遣い、おしゃれだった母には、たとえどんなに高齢になっても、いつまでもきれいでおしゃれでいて欲しい。

そんな母が、ことのほか喜んでくれたプレゼントがあった。ある食器店で見つけたご飯茶碗である。

その茶碗は、一目で気に入った。見た瞬間、欲しい！　と思った。自分用にだった。でも、今使っているもので十分間に合っているし、結構値が張るものだったから、あきらめて、それでも未練がましく手にとって「本当に素敵だな」と、いつまでも見ていたら、母のことが急に頭に浮かんだ。母にお茶碗。それまで考えたこともなかった。でも、母がそれを手に持ち、細い指ではしを使って食事している様子を想像すると、ぴったりだった。

小食の母にはほんの少し大きいかな。でも、ぎりぎり大丈夫だろう。とても軽いのが気に入る。母向きだ。茶碗は、殆ど白に近い薄い灰色。内側には、一面に椿の花が描かれている。花も葉っぱも、色調は墨絵のようなモノトーン。薄墨色の濃淡で、おしべだけが薄い黄色。茶碗のふちには、えんじ色のごく細い線が一本、これが全体を引き締めている。デザインとしては花も葉っぱも大きく大胆だが、すべて丸みを帯びた曲線で描かれているので、とても柔らかい印象を受ける。派手ではなく、とてもモダン。こんな茶碗で食べるご飯は、さぞかし、おいしいことだろう。

自信を持って贈ったが、予想したとおり、母はものすごく気に入ってくれた。長い年月の間いろいろプレゼントした中で、一番喜んでもらえたかもしれない。

それから半年くらい経った頃だった。妹から電話があった。彼女は私と同様、母と遠く離れて暮らしている。母にとっては、五人の娘の中で一番相性がよく、一番かわいい末娘だった。久しぶりに母に会いに帰省したという。

実家に着いたその日、妹が、こたつに入った母の小さな肩や細い細い腕を、ゆっくりもみほぐしながらいろいろ近況報告していると、母が「おなかが空いたろう（空いたでしょう）。ご飯にしょうええ（しましょう）。あのなあ、ええもん（いいもの）があるんじゃ」と言ってこたつを出て、足元を少しふらつかせながら台所へ行った。そして前かがみで何かを両手で大事そうに持ってきて「みてごらん。これ良かろう。きれえなろう（きれいでしょう）。あんまりきれえじゃから、あんたにと思うてこうといたんじゃ（買っておいた）。これでご飯を食べたらおいしいよお」と言ったのだった。

それはまぎれもなく、中に椿が一面に描かれている、私が母のために贈った茶碗だった。妹は以前、私から話を聞いてこの茶碗のことは知っていたが、母の、嬉しくてたまらないといった、喜びに満ちたその顔を見ていると、とてもではないが勘違いだなどとは言えず、「有り難う。本当にきれえななあ（きれいね）」と言ったという。

当時、少し腰が曲がりかけていた母が、かわいい娘の帰省を喜び、「自分が娘のために買った」と思い込んでいる茶碗を、腰をかがめて大事そうに両手で持ち、嬉しそうに笑っている姿を想像して、私は物悲しく、寂しく、母が確実に年老いている事実に初めて直面した思いがしたのだった。

少し前から、母の物忘れが子どもたちの間で話題に上ってはいた。でも、九十歳にもなろうとしている母の、少々の物忘れは自然だろうと、あまり心配はしていなかった……。

あたり前のこととはいえ、時の流れと共に、人は変わってゆく。人は少しずつ老いてゆく。そして少しずつ、嬉しいことも悲しいことも忘れてゆく。

買い物に出かけたとき、母へのプレゼントのことなどきれいに忘れてしまっている今の自分も、結局は、母のあとを同じように追っているにすぎないのだろうか？……。

ちえこちゃんのサンドイッチ

サンドイッチ用の薄切りの、白い、みみのない食パン。今ではどこのスーパーでも見かけるその食パンを目にするたびに、私は、遠い過去の「ある懐かしい事件」を思い出す。

私が小学低学年のときだった。戦後の日本が、復興に向けて歩き始めたばかりの頃で、町にはまだ、進駐軍の兵士たちの姿がところどころで見られた。

私を含め子どもたちには、目の色も肌の色もちがう、まるで異星人のように思える彼らがとても珍しかった。姿を見かけると、あとをついて歩く子どもたちもいた。

その日私は、学年がひとつ下で、近所の遊び友だちのちえこちゃんと、いつものように石蹴りをして遊んでいた。子どもたちの情報伝達は早い。男の子が大きな声で、アメリカ人だ！　と叫びながら走り過ぎてゆき、続いてまた二人、男の子が走ってゆくのが見えた。私もちえこちゃんも、石蹴りなどそっちのけで、すぐその子たちのあとを追った。

少し離れた場所に大きな食器店があって、そこに軍服姿の二人の若いアメリカ兵がいた。もう既に十人以上の子どもたちが集まって彼らを取り囲み、兵士たちの一挙一動を見守っていた。私が、ちえこちゃんと一緒に子どもたちに加わってじっと兵士を見ていると、二人の兵士のうち、金髪で、まだ幼い少年のような顔をした兵士が、何か言いながら私に小さな紙の箱を差し出したのである。びっくりして、ただ恥ずかしく、受け取ることなど、とても出来なかった。遠慮してあとずさりしながら、心の中ではとても欲しいのに、ただもじもじするばかり。兵士はなおも私の手にその箱を渡そうとする。私が一向に受け取る気配がないので、まわりの子どもたちが、がやがや騒ぎ始めた。そして一人の男の子がアメリカ兵に、自分が欲しい、自分がもらう、というしぐさをした。と、そのときだった。

突然、目の前にいたちえこちゃんが、「もらわれえ（もらいなさい）！　もらわれえ！　早苗ちゃん、はよう（早く）もらわれえ！　はよう！　はよう、もらわれえ！」ふだんのちえこちゃんからは想像も出来ないような、大きな声で叫んだのである。

ちえこちゃんの必死の形相と、一生懸命に叫ぶその大声におどろいて、そして後押しされて、恐る恐る兵士の手からその箱を受け取った私は、もう嬉しくて嬉しくて、大事に両手でしっかり持って、脱兎の勢いで家に帰った。

母に、アメリカ兵がくれたのだと言って見せ、もうわくわくしながら箱を開けた。

ああ！　そこには、それまで見たことも聞いたこともない、それはそれはきれいなサンドイッチが入っていた！　真っ白でみみのない薄切りの食パン。指でそっと押すとふんわりと柔らかく、中にはハムとチーズ、卵、薄くスライスされたきゅうりがはさまれていた。サンドイッチのそばにあしらわれたパセリの緑色が、真っ白のパンによく映えて、とても美しかったのをはっきり覚えている。口に入れるとバターとマスタードの味もして、世の中に、こんなに上品でおいしいサンドイッチがあるのかと、子ども心にも驚きながら食べたのだった。

当時私たちには、食パンは配給所でしか手に入らなかった。配給券を持ってゆき、家族の人数に応じて二斤とか三斤、丸々一本とかがもらえる時代だった。みみのない、真っ白で柔らかい薄切りの食パンなど、庶民がどこをどう探しても、あるはずがない時代だった。

私は配給所でもらってきた食パンにいちごジャムを塗って食べるのが好きだった。とてもおいしかった。でもジャムをたっぷり塗って食べたことはなく、いつも出来るだけうっすら塗った。ジャムも食パン同様配給だったし、配給券とガラスのコップを持ってゆき、そのコップに一杯入れてもらえるだけなので、とても貴重だったのだ。そんな日常だから、アメリカのサンドイッチを初めて見て、しかもそれを食べたということは、私にとって、まるで夢のような一大事件だったのである。

今では薄切りの、端を切り落とした柔らかい真っ白の食パンなど、ちっとも珍しくない。フランスパンでもドイツパンでも、その他いろんな種類のおいしいパンが、いつでも買える。ホームベーカリーで自宅でおいしいパンが焼けるし、パン教室へ通って焼き方を習うことも出来る。ハムだってチーズだって、世界のいろいろな国から輸入されている。あの優しそうなアメリカ兵がくれたものより、欲すれば多分、もっと高級で、もっとおいしいハムやチーズを簡単に手に入れることが出来る。おいしそうなサンドイッチの作り方の本もたくさん出回っている。私自身そんな本を見ながらよく作った。

あらゆることが便利になった。何でも簡単に、苦労しないで、手に入るようになった。それが当たり前になってしまった。そして、ちょっとでも不便を感じようものなら、すぐ不平を言う。そんな時代に、私たちは今、生きている。

しかし、とにかく物がなかったあの時代、子どもたちはそのことになんら不満を抱かず、不自由とも思わず、あるがままを受け入れていた。真っ白で柔らかくなくても、配給で手に入れたパンや、コップ一杯だけもらったジャムをとてもおいしいと思い、アメリカ人を見かけると単純に珍しがり、戦災の焼け跡で、きれいなガラスやタイルのかけらを拾い集めて喜んだり、丸い穴のあいた瓦の破片を見つけては、そこへ野の草花を挿して誰が一番上手に出来たか競いあったり、笑いさざめきながら、そしてときには笑い転げながら、日々、過ごしていたのだ。子どもたちのまじりけのない澄んだ瞳は、きらきら輝いていたと思う。創意工夫をこらせば、楽しい遊びはいくらでもあった。それらすべてが当たり前だった。

大人だったら、アメリカ兵のサンドイッチを、アメリカという国の、豊かさを象徴するある一面として捉えたかもしれない。でも子どもの私は、アメリカの豊かさとか、日本の貧しさとか、そんなことなどまったく関係のない世界に生きていて、もらったサンドイッチをただ喜んで食べた。きっと、満面に笑みを浮かべながら。

親切なちえこちゃんの「大きな声と必死の形相」が、おいしさを倍増してくれた、あのサンドイッチ。そのあと、また同じようなサンドイッチが恋しく思われた記憶はない。私にとってこの事件は、あくまで一過性のものに過ぎず、再びいつもどおりの生活に戻って、相変わらず、配給の食パンに配給のいちごジャムをうっすら塗って食べ、おいしいなあと思いながら、日々暮らしていた。

大人になってから、薄切りのみみのない白い食パンを目にするとき、私はいつも、懐かしさと共に、ああ、あのとき、ちえこちゃんにもあのサンドイッチをいっしょに食べてもらっていたらなあ……と、少しほろ苦い気持ちで「事件」を思い出すのである。

余計なお世話

秋の昼下り、ウォーキングに出かけた。車道に沿ってプラタナスと金木犀(きんもくせい)の並木が続く道。いつ歩いても、行きかう人の姿を見かけたことがない。車もほんのたまにしか通らない。静かなお気に入りの道。あたりに漂う金木犀の香りに包まれて、幸せな気持ちで歩いていた。

あれ、前方から、珍しく歩いてくる人の姿が。近づいてくるその人を見てすっかり驚いた。重そうな黄色いビニール袋を二つ両手にぶら下げたおばあさん。腰が、まるで地面と対話でもしているかのように折れ曲がっているではないか。

最近は、町中で腰の曲がったお年寄りを見かけることが少なくなった。昔は時々見かけたものだが、それでもこんなにまで、体がきちんと二つに折れているような人は見たことがない。

そんなに曲がった腰で、しかも荷物を持って歩くなんて…。よく歩けるものだ。大変でしょう。くたびれるでしょう。杖があったら少しは楽になるのに……。このままだと倒れてしまうのではないか。こういった考えが頭の中をよぎったときには、私の体はもう動いていた。そのおばあさんに駆け寄り、荷物をお持ちしましょうか？　と声をかけると、私を見上げたその顔に、思わずたじろいだ。びっしりと、それこそ無数の、特別深いしわが顔一面を覆っている。いや、顔にしわがあるのでなく、しわの中に顔があった。人の顔とは思えないほどだった。

人は誰でも、年を重ねると顔に年輪が刻まれる。でもその年輪は、その人が生きてきた証であり、自然だし、味わいがある。内面的なものが一本一本の年輪に表れているように思え、常日頃から、私は人間の顔の年輪をいとおしくさえ思っていた。

しかし、この女性の顔のしわは尋常ではなかった。これほどのしわは、過去、自分の人生で、ただの一度も見たことがない。いとおしいとかそんな甘い表現が出来るものではなかった。目が離せなかった。まじまじと彼女の顔を見つめてしまった。そんな失礼な私に、彼女は顔をくしゃくしゃにして、にっこり笑って言った。「大丈夫ですよ。ありがとね」きっぱりと。張りのある声で。「それでも」の一言さえ、私に言わせないほど強く、毅然とした、見事な断り方だった。

やさしい笑顔だけ残して、彼女は再び地面と対話しながらゆっくりと、しかし、しっかりとした足取りで去っていった。

私の助けをまったく必要としていないのは明白だった。私はただ、その場に立ち尽くし、その後ろ姿を見送ることしか出来なかった。呆然としていたと思う。

人間の腰があんなにまで曲がるなんて……。しっかりとビニール袋をつかんだ太い、節くれだった指には、これは決してだれにも渡さない、といった、強い意志が込められているように思われた。

どういう人生を送ってきたのだろう……。どう見ても、九十歳はゆうに超えていると思われたが、若い頃から、肉体労働に明けくれる苦労の多い人生だったのだろうか……。

買い物をして帰宅途中だったのか。あんなに高齢になっても、まだ重い荷物を運ばなければならない境遇なのか。子どもとか孫とか、だれか手伝ってくれる人は、まわりにいないのか。私の助けを断ったのは、きっと、遠慮したからだろう。腰を大事にしてほしい。楽に長生きしてほしい。

無理にでも彼女の荷物を持って、家まで送ってあげるべきだったか……。

目的地でUターンして、同じ道を帰路についた。先ほどの女性に出会った場所を過ぎてしばらく行くと、にぎやかな笑い声が聞こえてきた。歩道から長い石段を下りたところにある小さな公園からだった。見下ろすと、十名くらいのお年寄りの男女がゲートボールに興じている。

立ち止まって見てみると、今、まさに、バッターが元気よくボールを打たんとしているところ。そして、何と、そのバッターこそ、先ほどの「腰が九十度に曲がった」女性だった！　直角に曲がった腰など何のその。遠目にも、思いっきり楽しんでいる様子がよく分かるその勇姿！

ベンチの上に、見覚えのある黄色いビニール袋が二つ置かれていて、折しも二人の女性がそれぞれの袋から、大きなペットボトルの飲み物とオレンジのような果物を取り出そうとしているのが見えた。とても重そうだったが、実際に非常に重いものが入っていたのだ。

ああ、そうでしたか。そうでしたか。二つのビニール袋の中身は、お友達へのお菓子や、飲み物や、果物だったのですね。曲がった腰は、痛くなどないのですね。みんなで食べる楽しさがいっぱい詰まった荷物はとても大切で、ご自分で運びたかったのですね。私の申し出は有り難迷惑で、余計なお世話だったのですね！

私はため息をつき、空を見上げた。年輪に埋もれた彼女の顔を思い浮かべた……。やさしい眼差しを思い浮かべた……。威厳すら感じられた私への対応を思い返した。

彼女はもはや単なるおばあさんでもなければ、お年寄りでもなかった。私などが勝手に、ありきたりの想像をして同情したりするような人ではなかった。堂々と、たくましく、長い人生を生き抜いてきた、学ぶことの多い、気概あふれる先輩だった。

彼女の顔は、長い時間をかけて、彼女自身が自ら作り上げた芸術作品だった。

減点

善く生きたい、と思う。自分のことを「好きだ」と思える自分でいたい、と思う。

しかし、自分はいったいどういう人間なのだろう。分からない。

善く生きるために出来る限り善い人間でいたいが、善い人間とはどういう人間だろう。思いやりのある、他人の幸せを心から願う、どんなときでも弱者の味方になる、いつも誠実な人間。真心を込めて物事に対処出来る人間。

自分はそういう人間だろうか。「イエス」と即答など、とてもではないが、出来ない。そういう人間になりたいとは、心底、欲するけれど、心はとても頼りなくて、決して安定しない。ふらふら、ふらふら、いつも変わる。

日々の暮らしの中で、自分で自分を減点せざるを得ない状況に置かれるときがある。そのたびに反省し、こういったことはもう二度と繰り返さない、と自分を強くいましめる。それなのにまた「減点」してしまう。

減点せざるを得ない「分かりやすい一例」として、車を運転しているときの自分がある。走行する私の車のすぐ後ろに車間距離を置かずぴたっとくっ付いて、今、私が急ブレーキをかけたら追突間違いなし、と思えるとき、いつもの「思いやりのある、優しい人間」になりたいはずの自分の口から飛び出す、相手のドライバーを口汚くののしる言葉、言葉、言葉！

そんな下品な言葉に拒絶反応を示すいつもの自分は、一体、どこに行ったのだ！

バックミラーの中から相手のドライバーをにらむ、怖い顔つきをした自分は、一体何者なのだ！

いともたやすくこんな風に豹変してしまう自分に、おののく思いで減点してしまう……。

車に乗っていると、運転マナーに欠ける人が結構いることが分かる。信号で、青になったら即アクセルを踏んで前進しないと、後続の車のドライバーに、にらまれる。早く行け、とばかり、クラクションを鳴らすドライバーもいる。彼らは、たった三秒が待てないのだ。こういった人たちは、たとえ飛行機に乗っていても、目的地に一秒でも早く着きたくて、機内で通路を走り回るのではなかろうか。そんな想像さえしてしまう。

すぐいらいらするドライバーが、最近増えてきたような気がするのだが……。

車で走行中、いらいらドライバーにいらいらさせられて鬼の顔つきになり「ああ、減点だ、減点だ」とつぶやく回数が増えてきたように思われる昨今だが、まあもうしばらくの我慢だ。いずれ車に乗らなくなる日が来る。そうなったら悪態をつくことはもうなくなる、性格も豹変しなくなる、穏やかな顔つきを保てる、と思う。そして少しほっとする。

しかし……本当にほっと出来るのだろうか？……。

鬼は私の心の深奥にひそんでいて、普段は表面に現れないだけではないのか？……。

「三つ子の魂百まで」という言葉がある。どんな人も、幼いときの本質的な性質は、老いても決して変わらない、という意味だ。

もしや、いらいらドライバーに悪態をつくときの自分は、己の性格が豹変したのではなくて、「三つ子の魂」が表面に浮上しただけではないのか？……。

それでは、人間は、本質的に変わらないし、変われない存在なのだろうか？……。

本当に変われないのだろうか？……。

たしかギリシャの哲学者だったと思う。随分昔のことになるが、その哲学者の「人間は進歩する存在である」という言葉に出合って納得し、その言葉が深く心に残って、それ以来、折に触れてその言葉を思い出し、自分も日々進歩してゆきたいものだ、と強く願うようになった。「進歩する存在」これを私は、「人は、意志さえあればどこまでも向上し、成長してゆける存在」と解釈した。

　幼いときは無理でも、人は成長するにつれて自分の性格を客観視することが出来るようになる。自分の欠点が分かるようになる。その欠点を他者からも指摘されたりすると、なおさら、自分で自分の欠点を認めざるを得ないようになる。

　しかし、年を重ね、豊かな人生経験を積んでゆくうちに、人はたくさんのことを学ぶ。そして人間として成長してゆく。生きてゆく流れの中で、本人が、自分の欠点を改めるべく、常日頃心がけていれば、欠点は、ゆるやかにだんだん変質してゆき、もはや欠点ではなくなってゆくのではないだろうか。

　人は変わる、変わることが出来る、と思うのだ。生まれつきの本質は、三つ子の魂は、絶対的なものではなくて、伸びたり縮んだりするもっと柔軟なものではないだろうか？……。

　時折顔を出す、私の心の奥にひそむ鬼の存在は認めざるを得ないのだけれど、そして何て減点だらけの自分なんだろう、と落ち込むときもあるのだけれど、人として、進歩したい、成長したい、と願い「自分で自分を減点する回数が少なくなってゆきますように」と期待しながら、鬼の存在に抵抗し、鬼と戦う努力をする自分も捨てたものではない、と思ったりはするのだけれど……。

自称高齢者

先日、しばらくぶりに映画を観に行ってきた。

最近の映画館は、シネマコンプレックス、略してシネコンと言って、大きな建物の中に、スクリーンが五つも六つもあって、それぞれのスクリーンで異なる映画が上映される複合映画館が、大都市やそのベッドタウンなどでは主流だ。

シネコンで映画を観るには、今は、インターネットでチケットが購入出来る。全席が指定席だ。チケットを窓口で買う場合は、チケットカウンターに並んで手に入れる。それから、人一人分の幅の狭いエスカレーターで階上へ行く。シネコンのエスカレーターは、ただ、上の階へ人を運ぶだけが目的だから、上っている間目に入るのは、周囲の壁だけ。

エスカレーターを降りる。上映十分前から入場出来る。目指すスクリーンの入り口で係員にチケットを確認してもらい、中へ入る。自分の席を見つけて座る。場内が暗くなり、耳をつんざかんばかりの大音響と共に、いくつもの映画の予告編が始まる。

チケットを買ってから自分の指定席に座るまで頭の中を占めていたのは、エスカレーターで足を挟まれないようにすることだけ。

ずっと昔は「映画を観に行く」ことは、こんな殺風景なものではなかった。「シネマ」という言葉さえなかった。エスカレーターやエレベーターなどとは無縁の、スクリーンも一つだけの小さな映画館ばかりだった。「映画を観に行く」ことは、いつも、とても大きな楽しみで、もうわくわくしながら家を出たものだ。

映画館に着くと、入り口にかけられた大きな絵看板の、似ているとはお世辞にも言えない、あこがれの俳優の顔を横目使いに切符を買う。全席自由席だ。なるべく後部座席で、中央寄りの席が空いていないか、目をきょろきょろさせながら、一生懸命に空席を探す。そんなことも楽しかった。そして望みどおりの席が見つかると、とても嬉しかった。

確かに、音響効果などは、現在の映画館の方が、飛躍的に進歩しているし、格段にすぐれているのだろう。でも、往年の映画館には、音響の良し悪しなどとは関係なく「映画館特有の雰囲気」が存在した。インターネットでチケットを買うなんて、想像も出来なかった。小さな切符売場には、年配のおじさんとかおばさんが一人座っているだけで、二本立てとか、ときには三本立てで上映されたし、上映中であろうとなかろうと、いつでも、自由に、中へ入れた。禁煙のはずなのに、かすかにタバコの匂いも混じった場内の空気は、清浄と言えるものではなかったけれど、全体的に、時間の流れが、ずっとゆったりしていた。

こういった懐かしい、昔ながらの映画館は、残念ながら徐々に消えつつある。そして、「映画はシネコンで観るもの」となりつつある。地方に行けば、情緒ある昔風の映画館がまだ残っているところもあるかもしれない。古き良き映画を主として上映する、五十席ほどの単館シアターを存続させる運動を起こしている小さな町が、テレビで紹介されていたが、東京では、数少ない名画劇場とか、ミニシアターが、往時をいくらか忍ばせてくれるだけ。

先日観に行った映画は何ヶ月も前から楽しみにしていたものだった。場所は大きなビルの中にあるシネコンで、九つあるスクリーンの座席数は、合計すると二千席近くもあった。一階のチケットカウンターでは、二十代半ばと思われる若い男女二人が、窓口に座ってチケットを売っていた。私を含め、四名の客が並んでいた。私の前に立っていた女性の番が来たとき、彼女は、自分は六十歳を超えていて高齢者なので、シニア料金でお願いします、と言った。カウンターの若い女が無愛想に、何か証明するものを見せてくださいと言う。

高齢者と自称する女性は、うっかりして証明できるものを忘れてきた。今日は、はるばる遠いところからやってきたので、家へ取りに帰ることは出来ない。いつもは病院の診察券と保険証を必ず持ち歩いているのだけれど、今日はここへ映画を観に来ただけなので、と言って、バッグの中をかき回して調べたが、やはりなかったらしく、すみません、私は本当に六十を超えていますし、シニア割引で何とかお願いしますと言った。

その女性が六十歳を超えているのは、誰の目にも一目瞭然だった。私の目には、六十歳どころか、ゆうに七十歳は超えているのではないかと思われた。

カウンターの若い女はまた機械的に、証明するものがなければシニア料金はだめです、と言う。

自称高齢者のその女性は、今日はこの映画を本当に楽しみにして遠い所からやってきたこと、何とかならないかとあくまで食い下がった。大人千八百円の料金が、シニア料金だと千円になるのだ。彼女の気待ちはよく分かる。だが、若い女は表情ひとつ崩さず、証明するものがなければだめです、の一点張り。

その若い女の隣に座っている若い男を見ると、この男が又、女と全く同じく無表情なのだ。ロボットでもあるまいし、一生懸命「お願いします」と言っている「自称高齢者」に、そろいもそろってよくこんな対応が出来るものだと、むしろ感心してしまった。

若い二人の男女の顔を見ているうちに、この二人には人間の血が通っているのだろうかと思えてきた。だめならだめで、自称高齢者のその女性に対し、もう少し人情味のある顔つきにならないものか。映画館の規則に従っているのだろうが、それにしても、もっと臨機応変に融通をきかせられないものか。又、「だめです」のひと言だけでなく、「残念ですが、とても高齢者には見えませんので」とでも言っていたら、お世辞とは分かっていても、あのようにとげとげしい空気は流れなかったかもしれない。

この若者たちには、日常生活で、心がときめいたり、悲しみで胸が痛んだり、喜んだり、感謝したり、怒りを覚えたりすることが、果たしてあるのだろうか。相手をいらいらさせても、自分たちがいらいらしたりすることなど、まるで無さそうだ。

「鈍感人間……無反応人間……無感動人間……無味乾燥……」次から次へと、二人の若者に対して否定的な言葉が浮かんでくる。

「映画がそろそろ始まる……」私がそう思ったときだった。「自称高齢者」のその女性は、自分がかぶっていた毛糸の帽子をいきなりわしづかみにして剝ぎ取ると、白髪で真っ白な頭を若い女の顔面へ突き出し「見てください。これでも信用しないんですか。これでも」と大声でどなった。女性の顔は怒りで真っ赤になっていた。

私が本当に驚いたのは、カウンターの若い男女のそのときの反応だった。二人そろってまったく、表情ひとつ変えなかったのである。不気味だった。

他人事ながら、二つのロボットに私が嫌悪感を抱いたそのとき、自称高齢者の女性は帽子を握りしめて、怒り顔のまま、その場から立ち去った。

映画が終わって外に出たとき、顔を真っ赤にして怒っていた女性のことが思い出された。

「いやな思いをしてまで観るほどの映画ではなかったですよ」私は心の中でつぶやき、自称高齢者の女性を慰めた。

今観たばかりだというのに、映画の内容は、ろくに頭に残っていなかった。それでいて、受付の二人の若い男女の表情だけは、鮮明に思い出される。

小さな波がひたひたと打ち寄せてくるように、索漠とした気持ちが、心の中に広がってゆく……。

シネコンの殺風景な味気無さと、二体のロボットが、妙に符合しているように思えて仕方なかった。

帰宅途中、その思いが頭を離れなかった。

恐ろしい男

私は十七歳だった。

家の近くに、二階建ての古い木造のアパートがあった。十二部屋くらいあっただろうか。単身者や家族など、さまざまな人が住んでいた。その中のごく一部の人たちとは面識があった。しかし、その人たちとも通りで出会うと会釈する程度。親しく話をしたりするような交流は一切なかった。

アパートの前にかなり大きなえんじゅの木が一本立っていた。そのそばを川幅一メートルくらいの小さな川が流れ、川とえんじゅの木のせいか、街なかなのに、小鳥たちのさえずりをよく耳にした。夏、日が暮れる頃には、昼間はどこに潜んでいるのか分からない小さなこうもりが、あたりを何匹も飛び交った。

そのアパートの二階の左端の部屋に、四十代半ばと思われる男性が一人住んでいた。名前も仕事も何も知らない。清潔感のする、目鼻立ちの整った男ぶりの良い人で、今から思うと、粋な、玄人筋の女性に大いにもてそうなタイプの人だった。時たま背広をきちんと着て車で出かける姿を目にした。当時個人で車を所有している人はまだ殆どいなかったから、今にして思えば、一体どんな仕事をしている人だったのだろう。

夏など、二階の自分の部屋の窓をいつも開けていて、下の道を通りかかった高校生の私にも、目が合うと愛想よく笑って挨拶してくれた。優しい、感じの良い男性だった。

夏休みの、ある特別暑い日だった。朝早くから気温がどんどん上昇し、湿気も非常に多く、何もしないでじっとしているだけで、顔や首、背中、おなか、そして手足がじっとり汗ばんだ。

その暑い中を用事で外出し、アパートの前を通りかかった私がふと、その男性の部屋を見上げたとき、閉まっている窓のそばの外壁に、私は、絶対に見たくないものを見てしまった。

最初、それが何なのか分からなかった。少し近づいてはっきり分かった。こうもりが、小さなこうもりが羽を大きく広げられ、その羽を釘で壁に打ち付けられ、燃えるような太陽にさらされている、むごたらしい姿だった。生きているのか死んでいるのか分からなかった。おそらくもう生きてはいなかっただろう。

夜行性なのに、そのこうもりは真っ昼間、真夏の太陽と熱気に焼かれてどんなに苦しかっただろう。左右の羽を大きく広げられて釘で打たれ、どんなに痛かったことか。男性が、かんかん照りのうだるような暑さに汗を流しながら、生きているこうもりを壁に打ち付けていたとき、毎晩一緒に飛び交っていたそのこうもりの家族や仲間は、近くのどこかうす暗い所から窺いながら、どんなに怖く、どんなに悲しい思いでそれを見ていたことだろう。

男性が、いつ、どのようにしてそのこうもりを捕まえたのか分からない。しかし、抵抗出来ない小さな弱い生き物に対して、人間に害を与えたりしないこうもりに対して、どうしてこのような残忍な行為が出来るのか。私は、そのこうもりの苦しみを思って悲しみで胸が張り裂けそうになった。男性に対する怒りと憎しみで胸がいっぱいになった。出来るものなら、すぐにでも釘を引き抜き、そのこうもりを助けてやりたいと思った。もう死んでいたとしても、せめて、ほんの少しでも涼しい暗い場所に移してやりたいと思った。でも、男性の部屋は二階だったし、なによりその男性が無性に怖くて、私にはどうすることも出来なかった。

あれから随分、歳月が流れた。十七歳の私にあまりにも衝撃的だったこの「事件」は、普段は、もう忘れ去ってしまっているかのように思える。

これまでの長い自分の人生には、内容的には異なっても、この「事件」に負けず劣らず、悲しいことや苦しいことがあった。ただそれらのことは、きっと「思い出したくない、忘れたい」と思うからこそ、なのだろう。忘れてしまっている。忘れてしまっているように思える。思い出すことも殆どない。何かの折にふと思い出しそうになったりすると、あわてて、それ以上考えないようにして、忘却の彼方へ追い払ってしまう。

それなのに、十七歳の時のこの「忌むべき事件」だけは、ふと思い出すとどんどん記憶が鮮明になってくる。いくらそれ以上考えまい、忘れようとしてもだめなのだ。

あの男性の顔だけは、感じはつかめるのだが、さすがにもうぼんやりしている。しかしアパートの外壁のあのおぞましい光景は、夕闇の中、えんじゅの木の周辺を元気よく飛び交っていたこうもりたちの姿と共に、私の目と心にしっかり焼き付いた「目を覆いたくなる恐ろしい映像」として記憶の底から浮上し、少女だったあの時と同じ悲しみで私を苦しめる。私は、悪魔のようなあの男性を思い出し、嫌悪感と怒りでいっぱいになる。

しかし……こうも思うのである。あの男性は、果たして自分の行為を残虐だと認識していただろうか?……。あの男性にとって、こうもりをあんなやり方で虐殺する行為が、取り立てて言うほどの悪い行為ではなかったとしたら?……。

少なくとも、この事件が起きるまでの彼は、表面的には、一人の、本当に優しそうな目をした素敵な男性だったのだ。

それとも、外見からはうかがい知ることは出来なかったけれど、彼は、ものすごく不幸だったのか？……。

不幸のどん底にあって苦しいとき、我が身の不幸を嘆き悲しむだけで、そこから何とか抜け出そうと努力したりせず、ただ諦めて、無為無策で過ごす人がいる。また、しっかりしなければ、と分かっていても、あまりの不幸の重さに耐え切れないでいる気の毒な人もいる。

厄介なのは、自分が不幸であればあるほど他人の幸せを心底ねたみ、幸せな人を陥れたり攻撃したり、最悪の場合、自分とは直接関係のない、あらゆるものに危害を加えたりするような人間。あの男性は、このタイプだったのだろうか？

……。

悲しいかな、世の中には、もっともっと残酷なことが平気で出来る人間がいる。私にとっては「悪」でも、彼らにとっては「悪」ではないのかもしれない……。

お互いに「悪」の定義が、生まれつき、まったく異なるのかもしれない……。
また、私が「悪」だと思ってもそれが私の無知による誤解で、結果的に「悪」ではなかったという場合だって十分あり得るし、どんな人でも、人間の心には、善と悪が潜んでいることを考えれば、簡単に答えを出すことなど出来る筈がなく、複雑で重く難しいテーマだが、あの男性が、罪のない小さなこうもりにしたようなむごいことは、私にとっては、永遠に「完全なる悪」であり、どんな状況下であろうと、私には、絶対に出来ない。それだけは、はっきりしている。

私は思う。先天的とか後天的資質に関係なく、どんな人間にも良心はある筈だ。

難しく考えないで、みずからの良心の声に耳を傾けさえすれば、そして人間は「考えることが出来る存在」であり、「その考えを行動に移すことが出来る存在」なのだから、自分がされたくないことは、たとえ、相手が人間以外の生き物であっても、しないようにする。そういう努力だけはしたい……と。

あの男性にも、自分がもし、そのこうもりだったら、と想像するだけの力があったら、そして、自分の良心の声に耳を傾けるだけのゆとりがあったら、あのように恐ろしいことは、きっと出来なかったことだろう。「ハンサムで優しい中年のおじさん」として、私の心に、ずっとずうっと記憶されていたことだろう。

ミミはシャレードに乗って

明け方目覚めたとき、不思議な感覚を味わった。それまで見ていた夢の世界にまだいるような、でも目が覚めていることを分かっている自分もいて、夢かうつつか、はたまた幻なのか、それらの世界をたゆたっている感覚。途中までは夢で、その続きは目覚めている自分が頭の中で作り上げていっている……。しかしそれも夢のよう。

ミミとシャレードの夢だった。

ミミは、二〇〇〇年七月七夕の日に、十九歳と三ヶ月半の生涯を終えてあちらの世界へ旅立った、ミニチュアダックスフントのわが愛犬で、シャレードは、ミミのために買った車の名称である。
シャレードが来るまで、ミミの乗り物は、最初、自転車の前かごだった。でも前かごは、当時まだ体重が三キロに満たない仔犬のミミにとって、乗っているのは三十分が限界で、それ以上は疲れてしまう。それで次は、ミニバイクになった。自転車よりは気に入ってくれたし、ある程度遠出も出来るようになったけれど、晴れていたのに途中で雨が降り始めたときなど、後ろかごに乗っているミミの頭を、スカーフで、すっぽりくるんで帰宅を急ぎながら、私は、好奇心旺盛で外の世界を見るのが大好きなミミのために、どうしても車が欲しいと思うようになった。

慎重にいろいろ調べて、これだ、と思う車が見つかった。当時テレビで、ハリウッドの人気俳優ミッキー・ロークが乗って盛んに宣伝していた国産の限定車「シャレード」で、テレビやパンフレットで見るより実際の方がずっと格好良かった。クール！　色はメタリックグリーンでセダン。大きすぎず、小さすぎず、とにかく気に入った。一目ぼれだった。頭金だけ用意してあとは三年間のローンを組んだ。

さて、家にシャレードがやってきたときは本当に嬉しかった。ミミのために購入したとはいえ、私自身、車の運転が大好きなのだ。二十歳のときに免許を取ってしばらく乗っていた経験がある。

まず取り掛かったことは、後部座席にミミさま専用の特等席を作ることだった。マットを全体に敷き詰めて、その上に布団を敷き、柔らかい小さいクッションも三つほど置いて、彼女が自由にそこで眠ったり、右や左の窓から外を眺めて楽しめるようにした。ミミにとって、大変居心地の良さそうな空間が出来上がった。

琵琶湖のそばの近江神宮で、シャレードの交通安全のご祈祷をしてもらった。いよいよミミにとって新しい生活の始まりである。ミミは八歳になっていた。

それからというもの、ミミも私もシャレードに夢中になった。その頃琵琶湖のほとりに住んでいたので、毎日のように琵琶湖の浜辺まで車で下りてゆき、水辺で、すぐそばに止めたシャレードを見ながらミミと遊んだ。そんなとき「私は今、きっと、自分の人生で、本当に幸せなときを過ごしているのだろうな」とよく思ったものだ。ミミと琵琶湖を周遊し、奥比叡ドライブウェイを走り、いろんなところへ、京都はもちろん、高速に乗って東京へも行った。

シャレードをミミの前では「自動車」と呼ぶことにした。「車」という言葉は、テレビとか友人との会話など、外部からミミの耳にしょっちゅう入ってくる。ミミはとても敏感なので「車」という言葉を耳にするたびに、ドライブに連れて行ってもらえる！　と勘違いするかもしれない。だから「自動車」という言葉が「シャレードでドライブすること」だと、ミミに分かってもらえるようにした。少し離れたところから、わざとミミの方を見ないで、ごく小さな声で「自動車」と言ってみたりする。ミミはすかさず反応し、尻尾をちぎれるように振って大喜び。走り寄ってきて「さ、ドライブに行きましょう」と、目を輝かせながら私を促すようになった。

ミミが「自動車」に乗って疲れることは決してなかった。自転車やミニバイクとはまったく違った。雨が降ろうが雷が鳴ろうが、シャレードの中にいる限り、ミミは安全で、何一つ心配はなかった。運転する私を完全に信頼してくれた。市街地を走っているときは、行きかう車や人を、窓から賢そうな大きな目で興味深そうに眺め、静かな山の中を走っているときなど、退屈すると、自分の特等席でクッションにもたれながら、うとうとしていた。

そんなとき、私は運転しながら「今、きっと、私は自分の人生で本当に幸せなときを過ごしているのだろうな」と、又しても思うのだった。私はシャレードをますます愛するようになった。でもミミは、私などより、もっともっとシャレードを愛していたと思う。

シャレードは、私にとって、大切な愛犬がこよなく愛する大切な愛車だった。

明け方、ミミとシャレードの夢を見たのは、前の日に、シャレードの「永久抹消登録と解体届出の手続き完了」の知らせが、シャレードを引き取ってもらった業者から送られてきたからだと思う。永久抹消！　解体！　小さく口に出して言ってみた。何という悲しい響き……。二つの言葉が無性に残酷に思え、涙があふれ出てとまらなかった。

シャレードは、ミミが亡くなってから十年後の二〇一〇年九月、二十一歳になっていた。その頃から、車検を済ませたばかりなのに、ひんぱんにトラブルが起こりやすくなった。業者は、部品を変えたら、また、しばらく乗れますと言ったけれど、私はもうこれ以上、シャレードを酷使する気になれなかった。シャレードが、これ以上は勘弁してください、と言っているような気がした。もう限界なのだと思えた。過去、何度も修理に出した。どんなに修理費がかさんでも、他の車に買い換えることなど、思いも寄らなかった。ミミがあれほど愛し、十一年半乗った車なのだ。

シャレードを手放す決心がつくまで二ヶ月かかった。きれいに磨き、写真を沢山撮った。業者の運転でどんどん走り去ってゆくシャレードを、姿が見えなくなっても、いつまでも見送った。そしてそのあと、駐車場にぽつんと立ち尽くしていた……。

いつものように整備点検を終えて、元気な姿で戻ってきてくれるのではないか……。

そんなことは決してあり得ない……。

ただ、寂しくて悲しくて、やるせない気持ちでいっぱいだった。「永久抹消登録と解体届出の手続き完了」の通知を受け取ったのは、それから十日後のことだった。

明け方見た夢の中では、シャレードがミミを乗せて走っていた。琵琶湖へ行った。私はいない。ただ、とても奇妙だった。シャレードのいつもの自分の席に横たわっているのはたしかにミミなのだが、それでいて、ミミではないのだ。ミミにしては、首があまりにも長すぎる。ダックスフントだから胴は長い。でも胴だけでなく首も長いので、なんとも変な姿なのだ。あんなにプロポーションのとれた、姿の良いミミだったのに……。絹のように光るつやつやした美しい茶色の毛並みは、若い頃のままだった。

いぶかる私にミミが言った。「私はミミです。こちらの世界で『自動車』を、十年もの長い長い間待っていたのです。毎日毎日首を長くして待っていたのです。だからこんなに首が長くなってしまいました。早くこちらへ来てください。昔のように『自動車』でいろんなところへ連れていってください。いっぱいドライブしましょう」私は、夢とうつつをまどろみながら行きつ戻りつしていた。そして、首が異様に長い何ともおかしな姿のミミをシャレードに乗せて、思い出の場所をいろいろ訪ねた。そして大空高くへも上ってゆき、宇宙空間をどこまでもどこまでもドライブしたのだった。

人に人格という言葉があるように、犬にも犬格という言葉が使えるなら、ミミには品格があった。「犬品卑しからざる犬」だった。仔犬の頃から、自分というものをしっかり、持っていた。どんな場合でも、誰に対しても、絶対に「媚びる」ということがなかった。凛としたその姿を見るたびに、私はミミの前で、はしたない振る舞いは恥ずかしくて出来なかった。食事のときでも、ミミにじっと見られているときは、なるべく上品に食べるようにしたものだ！

　言葉が通じなくても、なんら問題はなかった。ただ二つの場合だけ、ミミから直接聞けたら……と思われることがあった。一つはミミの体調で、これも、とても元気で、見るからに具合が良さそうな場合は別に心配ない。たとえば、ミミはお風呂が大好きで、抱いて一緒に入って湯船につかり、首と肩をゆっくりもみほぐしてやると、気持ち良さそうに、軽いいびきを掻きながら眠ってしまう。ダックスフントは胴が長く足が短いので、普段の生活で、どうしても下から上を見上げる格好になり、首や肩がこるからだと思うのだが、湯船の中でのマッサージは本当に気に入ったらしく、少し寒い日など、朝から浴室の前に座り込み、前足でドアを引っ掻いて、早くお風呂に入れて、とせがむくらいだった。

　しかし時折、いつもよりおとなしくてじっとしているときなど、どこか痛むのだろうか、六歳のとき卵巣摘出手術をしたので、その後遺症だろうか、それとも、ミミにも更年期があって、そのせいなのだろうか、と随分心配した。こんなときだけは、ミミからくわしく体調を聞きたいと思ったものだ。

もうひとつ直接聞きたかったのは食べ物で、ミミは生涯を通じて市販のドッグフードと無縁だったが「今、とくに食べたいものがあったら教えて。一番好きな食べ物はなに？」などと、ミミによく尋ねたものである。

ある夏の土用の丑の日に、私自身は食べないのだが、高級なうなぎの蒲焼を買ってきてミミに食べさせたことがある。ご飯にそれを混ぜてたれをかけ、見るからにおいしそうなこのうなぎ丼のときだけは、いつものミミとは違った。ダックスフントは表情がとても豊かだといわれる。ミミも特別表情が豊かな犬だったが、うなぎの蒲焼を食べたときのミミは、彼女がどんなにおいしいと思っているか、その気持ちがストレートに伝わってきた。食べ終わっても食器をいつまでもなめ、「これはなに？　いったい、こんなにおいしいものがあるの？」大きく見開いた目は明らかに、心の中でそう思っていることを物語っていた。

普段、ミミの食事には気を使って、彼女が飽きないようにいろいろ考え、体に良いもの、おいしいだろうと思うもの、大好きなピーマンなど、いろいろ食べさせていたが、ミミはいつもただ、おいしそうに食べるだけ。しかし、このうなぎのときだけはまったく違った。ミミのきらきらした目を見るだけですべてが理解出来た。言葉など必要なかった。

「人間」と呼ばれる生命体の私。「犬」と呼ばれる生命体のミミ。お互いこんなに異なる生命体でありながら「喜びや安らぎ、すまなく思う気持ちや恐れ、怒りや悲しみ、そして驚き」など、私たちには、何と多くの共通する、理解しあえる感情があることか。

小さな一匹の犬でありながら、かくも大きな存在であったことよ。

そのミミがいない。

あんなに愛したシャレードも、もうその姿を見ることは出来ない。

私の前から、時の流れと共に、大切な存在が消えてゆく。

そして自分の人生に、ひとつまたひとつ……と区切りがついてゆく。

ああこれが、自分自身、死に向かいつつあることなのか。そうなのか。

ミミはいない。でも「死」は、単なる別れに過ぎないのではないだろうか。そのあと必ず再会出来る、つかの間の別れではないだろうか、そんな風に思ったりするときがある。だって夢の中とはいえ、あんなに楽しくドライブしたではないか……。

いつか自分が最後の区切りを迎えたら、ミミと再会して、また新しく、楽しい思い出をひとつずつ作ってゆきたい、愛車のシャレードに乗って……と、思ったりするのである。

ブータンに行きたい

ブータンは、ヒマラヤのふもとに横たわる小さな王国。私のこの国に対する知識は、せいぜいその程度だった。ブータンのワンチュク国王が、二〇一一年十一月に、王妃と共に国賓として来日されたときまでは。

六日間のご滞在中、過密なスケジュールのもと、連日のテレビ放送で、画面から伝わってくる国王のお人柄に私は深く心打たれた。

情報過剰で、何もかもが目まぐるしく移り変わってゆく現代社会。多発する、高齢者など弱者を狙った、悪質極まりない「振り込め詐欺」。目を覆うような恐ろしい殺人事件や、凶悪な犯罪なども、あとを絶たない。そういった社会の中であえいでいるかのような自分の魂が、国王のお人柄に癒され、浄化され、ゆっくり深呼吸をし始めたような、そんな気分に浸ったのだった。

東北大震災による被災地を視察され、海に向かって、同行のブータンの高僧の方々と共に犠牲者を追悼し、真摯に祈りを捧げていらっしゃるお姿。視察された福島の小学校で、子どもたちにやさしく語りかけられたお言葉。国会での格調高い演説。訪問された先々での、心に沁みるお言葉の数々。特に私は、金閣寺で雨の中、傍らの住職に傘を差しかけられた、そのときの国王の、あくまで自然でこまやかなお心遣いには感じ入ったものだ。おごりとか偉ぶったところなど微塵もなく、非常に謙虚。

国王の高潔な人間性は、テレビの画面からとはいえ十分伝わってきた。国王のお振る舞いに感動し、二〇一一年三月十一日以降ずっと日本全土を覆っていた重苦しい空気が、一陣の爽やかな風で一掃され、ほんのひとときではあっても、明るい気持ちになれた人も多かったのではないだろうか。

ワンチュク国王の、人間としての魅力は、王位の座とは関係ない。生まれつき素晴らしい資質に恵まれたひとりの人間が、幸運にも、たまたま国王として存在している、ということだと思う。彼の先天的資質は、育ってゆく環境の中でさらに磨かれてゆき、結果的に、三十一歳という若さであれだけの風格を備えた国王が誕生したのだと思う。

慈悲深くて、尊敬出来る国王のもとで暮らす国民は、本当に幸せである。羨望の思いで、深いため息をつく。

テレビでブータンの番組があると、すぐ見るようになった。その番組によると、ブータンでは、切り花は売っていないのだという。切ると花が可哀そうだから、鉢植えなのだという。レストランで食事中、皿の中に虫が飛んで入ると、これも可哀そうだから、つまんで逃がしてやるのだという。国教がチベット仏教で、信仰があつく、輪廻転生が信じられている国である。

小学校では朝、生徒全員が、校庭で声を出して文殊菩薩への祈りを捧げてから、授業が始まるのだという。また、全国の学校では、二分間の瞑想を導入している。

街のいたるところに「マニぐるま」が置かれている。これはお経が書かれた筒状のもので、大きさは、小さな携帯用のものから、寺院の中に置かれた巨大なものまでさまざまで、手で時計回りに回すと、お祈りをしたのと同じ功徳が得られるという。道行く人々が立ち寄り、それを回しては通り過ぎてゆく。太陽光エネルギーで回るソーラー式マニぐるまや、水力で回るマニぐるまなど、いろいろ種類があるとのことで、テレビで見ていて、とても興味深かった。

街のあちこちで、横たわったり、人ごみの中を歩いたりしている犬の姿が見られたが、どの犬も首輪をしていない。野良犬である。しかし実にのんびりしている。みんなで世話をするから問題ないのだという。この国には、生きとし生けるものすべてに対する思いやりの精神が満ち溢れているのではないかと思え、心がなごんだ。

交通整理をするのは警官で、ブータンには信号機が一台もない（二〇一六年三月現在も、手信号のまま）。勿論、こんなことは先進国では不可能だ。しかし、家族間や、人と人との絆が強く、国民の八割以上が農民だというブータンが目指しているのは、物質的豊かさではなくて、精神的豊かさである。あくまで国民の心の幸せが第一なのだ。「国民総生産」より「国民総幸福量」を唱える国である。

文化遺産を守り、伝統継承を重んじ、医療と教育が無料の、人口がたった七十万ほどの小さな国ブータン。かたや近代化を急ぎ、ひたすら経済成長を目指して、一度は世界第二位の経済大国にまで上り詰めた日本。だがその陰で、私たちは、何か大切なものを置き忘れてきたのではないだろうか…。

ブータンは、国家財政のうち約三割を、日本など他国からの援助に頼っているそうである。ブータンにとって問題は山積しているが、長期計画を立て、「援助からの自立」「物質面と精神面とのバランスがとれた国民総幸福量の実現」を目指し、頑張っている。

環境の保全に目を配り、温室効果ガスを出さない国を目指して、いずれは、全国の車を、すべて電気自動車化しようとしている。日本のメーカーが協力することも決まった。とても頼もしい国だ。

理想は高ければ高いほど良い。理想なんてどうせ実現しない、と諦めて行動しないのと、一歩でも二歩でも理想に近づけるように努力するのとでは、結果は目に見えている。

ブータンでは、一九九九年に、インターネットとテレビが解禁され、携帯電話も普及した。国外から、あらゆる情報の波が押し寄せつつある。若い人たちの価値観はどんどん変化しつつある。

農村を出て物であふれた都会で働くことを希望する若い人たちが急増し、結果的に、若者の失業率が非常に高くなってきた。国全体が、今後、今の私たちには想像できないほど変化してゆくかもしれない。

けれど、だからと言って、チベット仏教の教えが広く行き渡り、幼い頃から、思いやりの精神がしっかり刷り込まれている国民が、簡単に変貌してゆくとは考えられない。若い人たちをあなどってはいけない。どこの国でも、どの時代でも、良識ある立派な若者は、たくさんいる。

とはいえ、ブータンは今後、幾多の困難に直面することだろう。しかし、どんなに大きく国が変化してゆこうとも、その変化が、結果的には、ブータンにとって「大いなる進歩」であり、「国の発展」を意味するものとなることを祈ってやまないし、現在のさまざまな問題は、避けられない過渡期の現象にすぎない、と思いたい。

テレビ番組の中で、ベンチに座った高齢の男性が、小さなマニぐるまを手で回しながら、ひとりごとのようにつぶやいた言葉が大変印象的だった。
「ブータンでは昼も夜も悪いことをする人間はいない。仏様がいる極楽もきっとこんなところだと思うよ」

ブータンの、出来れば、首都以外の場所を訪れて、この国にまだまだ漂っているはずの、ゆったりした時間の流れに、しばらく身を任せていたい、と思う。すべてが目まぐるしく移り変わる社会の中で失ってしまった、大切な「時間というもの」を取り戻すことが出来るような気がするから……。「時間というもの」を、肌で感じることが出来るような気がするから……。

追記

二〇一六年、ブータンは、国策として、カーボンニュートラルを維持すると宣言した。

国の森林を六割残し、二酸化炭素の排出量と吸収量を同じにして、温暖化対策として地球を守るというもので、世界唯一の政策である。

画家アルバート・ピンカム・ライダー

絵が好きだったので、中学生のとき学校で美術部に入った。でも一年も経たないうちに退部してしまった。同じ風景を描いても、静物を描いても、又デッサンにしても、自分とどうしてこんなにまで違うのだろう、どうしてそんなに上手に描けるのだろう、といつも羨ましく思う生徒が同じ部にいて、子ども心に、自分には絵を描く才能がない、ということがよく分かったからだった。

寂しい気持ちはあったけれど、絵を描きたいという思いは、私の中から消えていった。でも絵が好きな気持ちに変わりはなかったので、それ以降は見て楽しむだけとなった。

対象は主に西洋画で、私の場合、絵画の専門知識もないし、画家や美術評論家の「絵を視る」姿勢とは異なると思う。単純に「絵を見る」だけ。その絵が描かれた時代背景とか、画家がどんな派に属しているとか、一切、関係ない。先入観にとらわれず、作品の分析をしない。美術館や展覧会などで、その絵が自分の視界に入ってきた時の第一印象、自分がどう感じるか、その絵を好きかどうか、それだけが重要なのだ。

国内や海外の美術館を訪れて、不朽の名作とか、非常に評判が高い絵画を前に「ああ、これが、かの有名な作品か……」と、実物を見たことに対して感慨にふけることはある。又あるときなど、テレビで、巨匠と呼ばれる画家の生涯にわたっての作品を見る機会があった。私は、それこそ息も継がずに目をこらして画面を見つめていた。日本画だったけれど、しみじみ「天才画家とはこういう人のことなんだ」と思い、完全に脱帽したものだ。

でもそういった特別の画家は例外で、一般的にたとえどんなに有名でも、画家の才能は、私のような人間にも分かるのだけれど、もう一度見たい、と思わないのだ。

ずぶの素人の私の好みだけで「もう一度見たいとは思わない」などと簡単に評価されては、苦労して描いた画家たちもさぞやりきれないことだろう。本当に荒っぽい鑑賞の仕方だと自分でも思う。申し訳ないとも思う。

しかし、今までたくさんの絵画にこんな見方で接してきた。そしてこんな鑑賞の仕方でも、私は自分の人生が、絵を見ることで随分豊かになったような気がするのである。

「正しい絵の見方」なるものはあるのだろうか？……。

好きだ、と思う作品に出合ったときは、絵の前で思わず足を止め、その作品に見入ってしまう。私の眼はその絵を見ているのだが、見ているのは本当は眼ではなくて、どうやら私の魂らしい。その絵が、私の心の奥深くに何かを訴えかけてくるように感じられるのだ。心の中で「この絵は好きだなあ、いいなあ」と何度もつぶやき、なかなかその場を立ち去れない。次の作品を見に移動しても、又戻ってきては、その絵の前に佇んでしまう。

一枚の絵に、何故、こんなに惹かれるのだろう。この絵に、画家は何を託したのだろう。何を伝えようとしているのだろう。この絵には、私の魂をゆさぶる何かが存在しているに違いない。だとしたら、それは一体何なのか?……。

絵画は沈黙の芸術である。音楽とちがって一切音は発しない。それなのに、何と多くを物語ることか。じっと見ていると、作品に登場する鳥たちのさえずりや、街のざわめき、カフェでにこやかに談笑する人々の声などが、確かに聞こえてくるときがある。

いろいろ空想して、その絵の中に入り込み、物語さえ生まれるときがある。その絵を描いた画家とその生涯に、俄然、興味が湧いてくる。画家が生きた時代を知りたいと思う。他にどんな作品があるのだろう。ぜひ見てみたい。

こういうとき、その特定の絵に対する私の鑑賞の仕方は、「絵を視る」美術専門家に、わずかながら近づいているかもしれない。順序が逆なのだ。絵に惹かれてから、その絵についていろいろ知りたいと思うのだから。

過去、数えるほどだけれど、そういう画家たちとの邂逅があった。その中でも一番印象に残っているのが、アメリカ十九世紀絵画の代表的画家の一人、アルバート・ピンカム・ライダーである。

ライダーは、四十歳くらいになってやっと批評家たちに認められた画家である。ゴッホより六年早く、一八四七年に生まれている。一九一七年に七十歳で亡くなるまで、ニューヨークのグリニッチヴィレッジに住み、生涯独身で通した。寡黙で内気な性格。生き方も非常に風変わりだったという。お金にも身につけるものにもまるで無頓着、ズボンは紐をベルト代わりにしたりしていたという。住む場所も食べるものも非常に質素で、自然を愛し、風景や牛や馬などの動物、大海原、又、聖書や神話の世界などを題材に約百六十枚の絵を残した。多くの作品は、完成させるまでに何年もかけ、作品には絶対に日付を入れず、サインさえもあまりしなかったという。又、残念なことに、彼には絵の具で描く伝統的な知識と技術がなかったために、殆どの作品の状態が非常に悪く、多くのひび割れが出来てしまった。

ライダーの絵を初めて見たのは、ニューヨークのメトロポリタン美術館だった。館内に展示されている古今東西の沢山の名画。いつものように、それらの作品をひととおり見ては通り過ぎていたときだった。突如として独特の雰囲気を放つ小さな絵が二枚、私の目の前に出現した。瞬間、絵の前で釘付けになった。絵から目を離すことが出来ない。二枚の絵のうち、特に一枚の絵に魅せられ、とりこになってしまった。

どちらの絵も、夜の海を描いていた。月と雲と無人の小船。夜の絵だから色調は暗い。それなのに、絵は、暗さをまったく感じさせない。写実的でなく、月も、雲も小船も波も、画家の豊かな想像力でデフォルメされ、特に形が斬新で、現代絵画のようにも見える。

月、雲、海、という自然を題材としているため普遍的であり、十九世紀という描かれた時代を感じさせないのは当然といえば当然かもしれない。しかしそれでいて作品は非常に重厚な雰囲気に満ち満ちている。その点が、私の知る限りにおいての現代絵画とは異なるような気がする。

小さい絵とはいえ、じっと見ていると、素人の私にも、画家がこの絵を仕上げるまでにどれだけ多くの時間を費やしたか、その創作の苦しみの一端が、ひしひしと伝わってくるような気がした。色も幾重にも重ねて塗られ、やっと、今の色が出せたのではないだろうか、と思われた。

この絵を描いた画家こそ、アルバート・ピンカム・ライダーだった。

私はライダーが、実際に彼自身海に出て、月の光に照らされ、小船で漂いながら夜空を見上げ、一人の人間として自分の内面世界と深く向き合っているうちに、本来、ロマンチストである一詩人の眼が、一人の画家としての徹底した観察眼へと変化し、やがて、この作品へと昇華したように思えた。

私がこの絵に第一印象でこれほど惹かれたのは、まず私自身、海と月が大好きだからだろう。しかし、海の絵とか月の絵なら、それこそごまんとある。今までライダーのこの絵ほどに、私の魂に語りかけてきた海や月の絵はない。

絵には、ライダーがそれまで生きてきた全時間、全人生が凝集されているに違いない。彼の思想も精神も、愛も苦悩も、そして嗜好も、すべてが渾然一体となって、宿っているはずだ。そして私は、その宿っているものに、心を奪われたのだろう。

絵を視ながら、私は彼のすべてを受容出来ると思った。しかし同時に、彼が自己を全投入して仕上げたこの絵を、果たして私がどこまで理解出来るのだろう、とも思った。この絵が好きだから、ただ好きなんだから、それでいい、とも思った。彼と私の間には、共に自然をこよなく愛する者として、何か精神的に類似し、共通するものがあるのかもしれない、そんな風にも思った。


メトロポリタン美術館で心に染み入る感動をもらった翌日、私はワシントンDCへ行った。新しい街を訪れると、私は大抵、まず美術館へ行く。その日も、ワシントン・ナショナル・ギャラリーへ足を運んだ。

ひととおり鑑賞してから、美術館の出口へ向かっていたときだった。出口間際で、本当に、あと一歩で外に出ようとした、そのときだった、一人の年配の男性警備員が私に近づいてきた。そして、そばの階段を指差しながら、ここを上ったところにある展示コーナーを見たか、と言う。私がいいえ、と言うと、彼は私をじっと見て、あのコーナーを見ないで帰るなんて！　最高の傑作がそろっているというのに……。ぜひ見なさい、と言った。そこで、言われたとおり、階段を上った。

何と！……そこには、ライダーのコーナーがあった！　彼の作品が、十三点も展示されていたのだ！

このギャラリーの主要な絵はすべて一階に展示されていると思っていた。二階は、一部閉鎖されていたし、こんなコーナーがあるなんて……。もし、警備員が教えてくれなかったら……。興奮し、不思議な気持ちに包まれながら、私はじっくり十三点の絵と対峙した。そして絵の題名を、すべて手帳に書き写したのだった。

ライダーとの邂逅で私には新たな夢が生まれた。決して実現することのない夢。それは、彼の絵の実物を自分の部屋に飾り、その絵の中の小船に乗って大海原を漂いながら、飽くことなく、月を、雲を見上げるという夢。いろいろ物語が生まれることだろう。月が主人公だったり、小船が主人公だったり、又あるときは私自身が主人公だったり……。考えるだけでわくわくしてくる。

永遠に夢のままで終わる夢だけれど、それでもちっともかまわない。こんな夢のような夢を見ることが出来るだけで、十分、幸せだと思うから。

それにしても、絵を見るのが好き、というだけで、絵を描く才能があるわけでなく専門知識があるわけでもない一人の人間の心を、時代や時間を一挙に飛び越えてわしづかみにし、こんなに大きな喜びで満たす力を持つ「絵画」とは、一体何だろう?……。

また、何故、私の心を奪い、深く感動させる絵の前を、何も感じないで素通りする人たちがいるのだろう。そして何故、この素通りする人たちが立ち止まり、感動する作品の前を、私は何も感じないで通り過ぎてしまうのだろう?……。

絵画であれ、音楽であれ、他のどんな分野であれ「芸術」とは摩訶不思議なものである。

画家アルバート・ピンカム・ライダー

ベートーヴェンのお墓参り

まだ本当に青くて多感な十代は、誰にとっても、人としての基礎を形成してゆく大切な人間成長期だ。この時期に、「何か」から、あるいは「誰か」から大きな影響を受けると、人はその後の人生において、その影響を無視して生きてゆくことは出来ないのではないだろうか。

たとえ自分では意識していなくても、多かれ少なかれ、その影響に支配されて、物事を判断したり、決定したり、行動に移したりしているのではないだろうか。

私の場合、それが当てはまる。自分の人生を振り返ってみると、要所要所で大きな心の支えとなったある人物がいることに思い当たる。

その人物とは、十九世紀ドイツの楽聖、ベートーヴェンである。

音楽は大好きだけれど、私は歌手でも作曲家でもない。音楽に生きる道を志したこともない。そういう自分と、「わが人生の師」とでも言うべきベートーヴェンとのつながりは、考えてみればとても不思議だと思う。

私は十五歳だった。季節は晩秋で、お気に入りの赤と紺の横縞のセーターを着ていた。ひとり畳に寝転んでいた。ラジオから何か音楽が流れていた。まだ各家庭にテレビが普及していない頃のことである。

聞こえてくる調べは弱い電波で送られてきているのか少し雑音が混じり、わずかに高く低くうねっている。

寝転んだまま、そのうちに私は何かが、未知でありながら旧知でもあるような何かが、かすかに脳裏に浮かんでくるのを感じ始めていた。「未知の思い出」とでも表現すればよいだろうか。それは、今にも切れそうな細い糸に操られながら、無限に遠い記憶の彼方から運ばれてくるような感じで、捕らえようとすると、ふっと掻き消えてしまう。そうかと思うとまた浮かんでくる。

ちょうど明け方ふと目覚めて、それまで見ていた夢が、思い出そうとすればするほど、どんどん忘却の彼方へ、決して自分の手の届かない、いずこかへ消え去ってしまう、あのもどかしい思いに似ていた。

しかし少しずつ、何かがよみがえってきつつあった。それまで経験したことのない感覚だった。いつの間にかラジオの前に正座し、金縛りにあったかのように身動きひとつせず、私は耳に入ってくるその音楽に全神経を集中させていた。「これは何?……これは何?……この曲は?……この曲は何?……何?……この曲は何?……」声に出してそう言いながら、ボリュームを上げ、ただ同じ問いを繰り返していた。

そのときだった。外出から帰ってきた姉たちが部屋に入ってきたのは。私のそばに陣取り、にぎやかなおしゃべりが始まった。「静かにして」私が怒鳴ったのと「ああうるさい、うるさい。ラジオの音を小さくしなさい」姉たちが大きな声で言ったのとほぼ同時だった。私は更にボリュームを上げ、姉たちは怒って私をにらみ、ぶつぶつ言いながら部屋を出て行ってしまった。

このときの情景が、時空を超えて、今でもまざまざと目に浮かぶ……。

やっとまたひとりになり、うねりながら運ばれてくる音楽をひたすら追っているうちに、私は突然、「この曲を知っている！ この曲を知っている！」興奮して大きな声を出していたのだった。

ベートーヴェンの「第九交響曲」との、衝撃的な出合いだった。今でこそ、「第九」は、とくに合唱の部分は日本のみならず世界中で愛され、有名すぎるほど有名である。しかしテレビ自体非常に珍しかったあの時代、この曲はまだ、一般の人々にはまったくといっていいほど知られていなかった。それに私が聞いたのは有名な合唱の部分ではなかった。

私はこの曲をそれまで一度も聞いたことがなかった。誰が何と言おうと絶対に知らなかった。それなのに、ラジオに向かって「この曲を知っている。知っている」と叫んでいたのである。一体どういうことなのか分からなかった。友だちに話し、一緒に不思議がってもらおうとしたが誰もまじめに取り合ってくれなかった。信じてもらえなかった。

しかしこの体験は、その後の私の生活を、すっかり変えてしまった。このときを境に、俄然、クラシック音楽に興味がわき、勤労者の音楽鑑賞組織である「労音」に、子どもでありながら入会し、毎月一回、クラシック音楽のコンサートに行き始めた。ラジオ局に何度もリクエストして、ベートーヴェンだけでなく、他の有名な作曲家の音楽も放送してもらったりした。

たくさん聴いた中で、やはりベートーヴェンが一番好きだった。彼は特別な存在だった。大作曲家というより、「自分が生まれる遥か前から知っている、とても懐かしい人」のように思えて仕方なかったのである。

ある人に、私のこの体験は決して不思議な現象ではなくて、母親の胎内にいるとき聴いたことがあって、その記憶がラジオを聴いていて突然よみがえったに過ぎないのだ、一種の胎教だと言われ、考え込んだことがあった。

しかし明治生まれの母の嗜好、彼女の少女時代や結婚後の人生を考えるとき、母と西洋音楽、特にベートーヴェンとの接点など、どこをどう探しても見つからなかった。

日本で「第九」が初めて演奏されたのは、今からおよそ百年前一九一八年（大正七年）四国で、徳島の捕虜収容所にいたドイツ兵たちによるものだった。

ずっと後になって、カラヤンが来日してＮＨＫ交響楽団の「第九」を指揮したけれども、このときの演奏がラジオで放送されたのかどうかは分からず、たとえ放送されていたとしても、そのとき十四歳だった私がそれを聴きその一年後にラジオで「第九」を聴いたとき思い出すなど、まず考えられない。音楽が好きとはいえ、クラシック音楽、特に交響曲など、まず興味がなかったし、ラジオそのものも普段の生活で殆ど聴いていなかったから。

また昭和の初め、東京日比谷公会堂で「第九」が演奏され、ラジオで「合唱」の部分が放送されたとの記録もあるし、クラシック音楽愛好家の間では「第九」は、よく知られていたのだろう。それでも一般の人々の間ではこの曲はまだ殆ど知られていなかった。

結局、この体験は、私にとって生涯解明出来ない「永遠の謎」になってしまった。

ベートーヴェンの曲の中で、高校時代特によく聴いたのが交響曲第五番「運命」だった。ひまさえあればレコードで聴いていたので、最初から最後まで旋律をほぼ覚えてしまった。しょっちゅう口ずさんでいたものだ。この曲を聴いていると、夢はどこまでも広がり未来は明るかった。希望なくして人生はないと思えた。

*

ひとつの目標に向かって進む道がふたつあるとする。ひとつは非常に楽な道で、苦労することなくその目標に到達出来る。もうひとつは非常に険しくて、到達するまでは、いばらの道だ。

私は若い頃、いったん目標を定めると、いつもためらうことなく、苦労の多い道の方を選んだ。性格的なものもあるのだろうが、若いうちに苦労しなければ、人としての成長はないと信じていたからだった。

二十代と三十代の私の傍らには、いつもベートーヴェンの『書簡集』とロマン・ロラン著の『ベートーヴェンの生涯』があった。

ベートーヴェンが、耳の病気で苦しんだことはよく知られている。また、彼の「不滅の恋人」にあてた手紙も有名だ。しかし、彼が耳だけでなく、生涯を通して、いかに深刻なお金の問題に悩み、家族問題に悩み、耳以外の病魔に苦しめられたか、知っている人はあまりいないのではないだろうか。

書簡集を読みながら、私は、自分のことのようにつらくなり、身を切られる思いがして、心臓のあたりが実際に、何度も痛くなったものである。

ベートーヴェンは、その全生涯において何度も絶望のどん底に突き落とされた。しかしそのたびに、自分の過酷な運命を呪いながらもそのどん底から不屈の精神を奮い起こして這い上がり、新たな傑作の創造に立ち向かったのである。何という強靱なる精神の持ち主だろう。

ベートーヴェンを襲った病魔のうち、彼が特に苦しんだのは耳の病気だった。難聴は進み、耳は聞こえなくなり、四十五歳の頃には「会話のための手帳」なくしては人と会話することが出来なくなった。相手に手帳を差し出して、話したいことをそこに書いてくれと頼んでいるベートーヴェンの当時の姿を想像することは……私には悲しすぎて出来ない。

殆どの偉大な作品が、音楽家として最も大切な聴覚の異常が始まってからのものだ、という事実を知って、愕然とする。

私は十五歳のとき、不思議な出会いをして「懐かしい人」となったベートーヴェンが、想像を絶する、苦渋に満ちた人生を送ったことを知って、ますます、彼を敬愛するようになった。

わが青春時代を振り返ると、自分でわざわざ選んだ道とはいえ、筆舌に尽くし難いほど、厳しいものだったと思う。けれども、ベートーヴェンの苦難の人生を思えば、あまりにも取るに足らないもので、比較することなど出来ない。大体、比較すること自体、畏れ多いことである。

それでも、ベートーヴェンにとって素晴らしいときがついに訪れた。彼が亡くなる三年前の一八二四年五月七日に、ベートーヴェン指揮のもとウイーンで初演された「第九交響曲」の熱狂的大成功である。ロマン・ロランによれば「成功は凱旋的で、それは殆ど喧騒にまで陥った。警官が喝采の大騒ぎを鎮めなければならなくなった。第九交響曲は爆発的な感激を巻き起こした。多数の聴衆が泣き出していた。耳の聞こえないベートーヴェンには、彼に喝采を浴びせた会場全体の、雷鳴のようなとどろきが少しも聞こえなかった。歌唱者の女の一人が、彼の手を取って聴衆の方へ彼を向けさせたときまで、彼はまったくそのことを感づきさえしなかった。突然彼は、帽子を振り、拍手しながら座席から立ち上がっている聴衆を目の前に見たのだった」。ロマン・ロランはこうも伝えてくれている。「感動のあまり、ベートーヴェンが気を失い、その夜と翌日の午前中を、着のみ着のまま、飲まず食わずで、ベッドの中で放心状態で過ごした」と……。

私は、繰り返し繰り返しこの箇所を読み、その夜のベートーヴェンの心情を思った。そのたびに胸がいっぱいになり、泣けてくるのだった。

私は、自分の青春時代に、ベートーヴェンから言葉では言い表せないほど、勇気をもらったと思う。私にとって、まさに「人生の師」だったと思う。

苦しむためだけに生まれてきたかのようなベートーヴェンだが、音楽以外にも、次のような素晴らしい言葉を残している。

「心の善というもの以外には、私は人間の卓越性の証拠を認めない」

私はこの言葉が本当に好きだ。

*

随分古い話になるが、ヨーロッパで暮らすようになったとき、私には、まず最初にしなければならないことがあった。それは、ウイーンの中央墓地で眠っているベートーヴェンのお墓参りをすること。墓前で、ベートーヴェンと心ゆくまで心の対話をすることだった。

いよいよ「その日」がやって来て、ウイーンで路面電車に乗り、中央墓地へ行った。

墓地の門のそばの花店で墓前に手向ける赤いバラを買った。初秋の微風が頬に心地よく、私は少し緊張気味でベートーヴェンのお墓へ向かって歩いて行った。幸いなことに、あたりには人影もなく、鳥のさえずりが耳に入るばかりである。満ち足りた気持ちだった。

思えばいつの頃からだっただろう。ベートーヴェンのお墓に参って彼と静かに心の対話をしたい、と願い始めたのは……。私は、赤いバラをそっと墓石の上に置いた。長い間の夢が今まさに実現しようとしていた。

そのときだった。豊満な体を黒ずくめの服に包んだ中年の女性が、向こうからやって来る。明らかに私を目指してやって来る。

バラを買ったときの店員だった。何か私に用でもあるのかしら、一瞬そう思った。しかし、そうではなかった。彼女は私の真ん前に立つと、私の一挙一動を、好奇心に満ちた目でじろじろ観察し始めたのである。あたかも、東洋の女というものを生まれて初めて目にしたかのごとくに。

ベートーヴェンと東洋の女と赤いバラ、この三つの取り合わせが、どうしても合点がいかないらしい。一メートルも離れていない。私の真ん前なのだ。そこへ突っ立ち、とにかく私から目を離さないのである。

彼女を無視してベートーヴェンと心の対話など出来る筈がなかった。一刻も早く立ち去ってくれることをひたすら願い、じっと頑張って彼女と向き合っていたが、敵もさるもの、私より忍耐強く、その気配はまるでない。彼女さえいなければ、私の大きな念願を果たす絶好のチャンスなのだ。あたりはとても静かで、誰もいないのだから。

それにしても何と無礼な女性だろう。考えられないほど厚かましい。

もちろん、無言で彼女に訴えてみた。独りにして欲しい、独りになりたいのだ、と。そんな私の目を、好奇心あふれる目を更に輝かせて、彼女はただじっと見返すばかり。最後の手段だ。私は精一杯怖い顔をしてにらんでみた。しかしそれも結局、彼女の好奇心を更につのらせるだけの徒労に終わった。

この女性は、私が立ち去るまで、決してこの場所を離れないだろう。私のすぐ真ん前に立ち尽くし、私を観察し続けることだろう。それは明白に思えた。

私は怒った。英語で、非常に強い口調で、独りになりたい、向こうへ行ってくれ、と言ってみた。しかし、相手はきょとんとするのみだった。ドイツ語しか分からないのだろう。私の顔つきや態度、声の調子から、自分は邪魔なんだな、と普通の人間なら分かる。でもこの女性には通じなかった。

口惜しかった。腹立たしいことこの上なかった。そして、敬愛する我がベートーヴェンの墓前で、そんな気持ちになった自分が情けなくて仕方なかった。

結局、私は根負けした。背に彼女の視線を痛いほど感じながら、私はそこを立ち去った。とぼとぼと。本当にとぼとぼと。無念だった。

何度も何度も引き返そうと思った。しかし途中、ベートーヴェンのお墓の方向へ向かう何人もの人とすれ違ったりして、結局それもあきらめてしまった。後ろ髪を引かれる思いで、中央墓地を出た。

心の対話は出来なかった。でも、赤いバラを捧げることは出来た。そう考えて自分を慰めつつ、私はウイーンをあとにしたのだった。

＊

この出来事も、今では、違う見方が出来るようになった。

ベートーヴェンのお墓をはさんで向かい合う二人の女性。あのときのあの場面を思い出すたびに、彼女が彼女なら私も私だと思って笑いがこみ上げてくるのだ。悪意があるわけでなく、子どものように単純な彼女に対して、腹を立てたりしないでにっこり笑い、優しく出口の方向を指差し、背中をそっと押すくらいの気持ちのゆとりが持てなかったものか、と思ってしまうのだ。

しかしこのお墓参りのとき、私は三十五歳。相手の女性に大きな怒りを覚え、憎むことしか出来なかった。心にゆとりを持ってにっこり笑い、相手に対応するなど思いも寄らなかった。

ただ、私がいとも簡単に中央墓地を出たのは、私の心の片隅に「またいつでも来ることが出来る。これからしばらくヨーロッパで暮らすのだから」という、非常に安易な考えがあったからだと思う。

ベートーヴェンのお墓参りのためだけに日本からわざわざウイーンに行ったのだったら、事情は異なっていたはずだ。あの女性に、「独りにしてくれ」と、二度でも三度でも何度でも言い続けたことだろうし、言葉が通じなければ、身振り手振りを交えて、相手に私の気持ちを分かってもらおうとしたことだろう。

その後、ヨーロッパにいる間に、ウイーンには、その気になれば、いつでも本当に簡単に行けたのに……そのうちに行こう、そのうちに行くんだ……と、いつも、思っていたのに、それなのに……私がこの街を再び訪れることはなかった……二度とベートーヴェンの墓前に立つことはなかった……。

何故、何故、もう一度ウイーンを訪れなかったのか……。

日本にいる父が病に倒れ、急遽、滞在予定を切り上げてヨーロッパを去ることになったからとはいえ、これは情けない言い訳に過ぎず、長い年月が経った今でも、ベートーヴェンと思いっきり心の対話が出来なかったことが、悔やまれて悔やまれてならない……。

それでも、ひとつ慰められることがあるとすれば、それは私が、この苦い経験から、次のような非常に大切なことを学んだことかもしれない。

何事も、いつか実行しよう、いつか必ず出来る、と安心していてはいけない。出来るのは、絶対に、「今」しか、ない。

このことはよく言われることである。けれど、私にとっては、いつも「他人事」だった。そのことを真剣に考えたこともなかった。

しかし、今は、違う。ベートーヴェンのお墓参りに失敗した代償に、私は、身をもって価値あるこの教訓を得たのである。

稀有の天才　林英哲
かくして和太鼓は日本の伝統芸能の仲間入りをした

一九七〇年、日本海に浮かぶ佐渡島の地へ、ひとりの若者が降り立った。日本の伝統芸能に「和太鼓」という全く新しい分野がうぶごえをあげた瞬間である。その青年こそ、若干、十九歳。まだ世俗の垢にまみれることもなく純粋そのもの。若き日の、林英哲氏その人であった。（以下文中敬称省略）

このとき、英哲のみならず、誰が、日本の伝統芸能の表舞台で、古い歴史を誇る他の伝統芸能と肩を並べ、堂々と張り合い、燦然と輝く、遠い未来の和太鼓の姿を思い描くことが出来ただろう。

英哲は、広島の山間部に五百年以上続く寺の、七人兄弟の末っ子として生まれた。僧侶の兄たちとはまったく異なる美術家を目指し、上京して勉強を始めたばかりだった。

たまたま、自分が心酔する東京在住の著名な美術家が、佐渡で講演することを知った英哲は、旅費を何とか工面し、彼に会いたい一心で、胸を躍らせながらこの島へやってきたのだった。頭の中にあるのは、美術家としての己の未来のことだけ。

しかし、その美術家が、当日、都合で佐渡に来ることが出来なくなって講演が中止となってしまったのは、今思えば、偶然ではなく、必然ではなかっただろうか……。

佐渡へやってきたことで、そしてその美術家に会えなかったことで、英哲の人生設計が完全に方向転換し、その後の英哲の生きる道が決定づけられてしまったのだから。

このときから、四十数年もの長い歳月が流れた。少年の頃、ビートルズに魅せられ、ドラムをたたいて楽しんだことがあるとはいえ、和太鼓のことなど何一つ知らず、また、関心すらなかった英哲。

還暦を過ぎてからも現在に至るまで、世界を股にかけ、日本の伝統芸能「和太鼓」の創始者として、また現役の太鼓奏者として第一線で活躍している姿を見るにつけ、聞くにつけ、「宿命」という言葉がこれほどぴったりする芸術家を、私はほかに知らない。

太鼓の神が、身も心もまっさらな、十九歳の美しいこの青年に白羽の矢を立て、佐渡へ呼び寄せ、自らの願望を託したのだろう、と思いたくもなる。

英哲は、まさに選ばれし人であった。

しかし、それはまた、あまりにも過酷で、苦難に満ちた宿命でもあった。

日本の伝統芸能と言えば、多々ある中で、まず頭に浮かぶのが、歌舞伎であり、能であり、文楽であろう。

しかしこれら代表的な伝統芸能がどのようなものかイメージは出来ても、実際に劇場へ足を運び、鑑賞したことのある日本人となると、ごく一握りではないだろうか。

かくいう私も、日本人として日本で生まれ育ちながら、自分の国の伝統芸能についての知識は、歌舞伎を一度、能を二度、実際に鑑賞したことがあるだけ。殆ど何も語れず、頼りないことこの上ない。

残念なことだとは思うのだが、私は、幼少の頃から、こういった伝統芸能とか、古典音楽に、殆ど関心がなかった。私にとって音楽は西洋音楽であり、日本の現代音楽やフォークソングなどを意味した。琴や三味線、尺八など日本の古典音楽ではなかった。おそらく、大多数の日本の若者たちにもこれは共通して言えることではないだろうか。

しかし、だからと言って私たちは、日本の伝統芸能や音楽にまったく無縁だろうか……。意識していなくても、私たち日本人の心にはこれら古典芸能・音楽が、いわば、ＤＮＡのように刷り込まれているのではないだろうか。

私が小学校低学年の頃だった。近所のお兄さんに、毎日のように、自転車の乗り方を教えてもらっていた。静かな広っぱ。その一角にある建物の窓から、今から思えば、能の謡だったと思う。独特の旋律がいつも聞こえてきて、私はその音楽を聴きながら、小さな自転車に乗れるようになったのだった。

自転車に早く一人で乗れるようになりたい、そのことしか頭になかったはずなのに、その旋律は私の頭の中にしっかり記憶されていて、以来、何かの拍子にふと、広っぱと、自転車の後ろを押して一緒に走ってくれる優しいお兄さんの姿と、謡曲、この三つが、よみがえる。

別にこのような体験をしなくても、何百年と続き、その間改革を重ねながらも核となるものは温存してきた日本の古典芸能、古典音楽は、日本の気候風土のもとで育まれてきた文化であり、だとすれば、同じ気候風土で生まれ育った私たちと、その点共通しているわけで、更に、こういった古典芸術は、テレビとか新聞雑誌その他で、生活の隅々に浸透しており、たとえ興味もなく注意を払っていなくても、私たちが想像する以上に、私たち日本人の感性、精神面に多大な影響を及ぼしている、と思われるのだ。

西洋音楽や現代音楽にしか興味がない、と思われがちな私たちも、心の奥底には日本の伝統音楽が根付いていて、ただ、私たちがそのことに気が付いていないだけ。そう考えるとなんだか楽しい。


私が和太鼓というジャンルの音楽があることを知ったのは、二〇〇七年ある新聞記事によってだった。林英哲という名前も、音楽としての和太鼓のことも、それまでまったく知らなかった。英哲が、和太鼓の奏者として大活躍をしているとあり、太鼓の音楽とはどんな音楽なのだろう、と興味を覚えたのがきっかけだった。

生まれて初めて、音楽としての和太鼓を聴いた。テレビだったのに「衝撃」だった。「驚愕」だった。テレビでは不十分すぎる。こんな音楽は、実際にこの目で舞台を観て、この耳で聴かなければ。

彼のコンサートへ足を運び、満員の観客の一人になった。

舞台の中央のテーブルの上に、大太鼓専用の、大きくて頑丈な太鼓を浮かせ響きをよくする台座が置かれ、そこへ大太鼓がひとつ、据えられている。大太鼓は、舞台の床からは相当高い場所へ位置することになり、それだけで、既に重々しい存在感がある。

英哲が舞台袖から現れる。満員の客席に張り詰めた空気が流れ、場内は、シーンと、静まり返る。

英哲が太鼓の前へ進み、彼が試行錯誤のうえ、やっと編み出し確立した「正体（せいたい）構え（がま）」という、太鼓に真正面から向き合い観客には奏者の後ろ姿を見せる打法で、両手に持ったバチを肩より高く掲げ、最初の一打を打ち込む。続いてまた一打。その姿勢のままソロで何十分も連打、打ち続けるのだ。一時間以上打ち続けたこともあるという。

私はただ、英哲の演奏に圧倒されていた。圧倒されっぱなしだった。そして奏者英哲の、たすきがけの裸の背中の、何と美しかったことか……。

太鼓は奏者と完全に融合し、一体化している。太鼓は自分と向き合う奏者の全人格を吸収し、奏者の背中を通して場内へ響き渡る。だからこそ、奏者の後ろ姿があんなにまで美しく、観客はその美しさに感動し、心が揺さぶられ、まるで奏者の魂に導かれ、精神の高みへといざなわれる思いがするのだろう。

そこにはふだん、神社の片隅にひっそり鎮座している太鼓の姿も、祭りで人々の気分を高揚させる元気いっぱいの太鼓の姿もなかった。あるのは、想像すらしたことのない、芸術としての太鼓の姿だった。

私は英哲の後ろ姿を見ながら、何て美しいんだろう、何て美しいんだろう、そうつぶやき続けながら、演奏に聴き入っていた。

太鼓と英哲。それは究極の美だった。舞台は「最高の芸術空間」と化し、そこに存在していた。


観客をここまで感動させる力強い演奏をするためには、何よりもまず、奏者の人並み外れた体力が必要不可欠である。そして同時に、本人の長年にわたる、それこそ、血のにじむような努力と、決して途中で挫折しない強靱な精神力も必要だった。

およそ十年におよぶ佐渡島での集団修業時代は、体と精神を鍛えるためとはいえ、全員、毎日四時（冬は四時五十分）に起床して、十キロも二十キロもただ走る。午後も走る。一日の走行距離は、四十キロ以上にもなった。体力的に弱かった英哲は、他の団員について行けず、途中で失神したり血尿が出たりしたこともあったという。

三十歳で集団を離れ、ソリストとして独立してからも、身体能力を高めるため、自分を常に精神的に過酷な極限の状態に追い込もうとする姿勢に変わりはなかった。走る。持久力をつけるため、食事にはとりわけ気を遣う。還暦を過ぎた今も、まるで修行僧のような生活を送る。

四十年以上もの間、英哲は順風満帆からは程遠い人生を送ってきた。

英哲は、美術家でなく太鼓奏者として人生を生きなければならなかった。宿命だった。他の選択肢は許されなかった。あまりにも苦しく、何度やめようと思ったことか、英哲は、のちにそう述懐している。

和太鼓で音楽を創る。それは前例のないことだった。太鼓はあくまで祭りなどで打つもの。それが常識で、その常識を打ち破り、舞台で芸術として表現するなど、まず相手にされないことだった。過去誰ひとりやったことのない領域。見本とすべきものは一切、ない。ゼロからでなく、ゼロ以前からの出発だった。

芸術は模倣から始まる。時代に合わせて革新を重ね、進化し、作者オリジナルのものが創りだされる。しかし、太鼓に限っては、模倣するものが何もなかった。歌舞伎や能、その他、日本が誇る古典芸能は別格で、太鼓がそれらと同等の扱いを受けるなど誰にも想像出来なかった。孤軍奮闘、鍛錬、試行錯誤の連続。

どんなに孤独で苦しくても、辞めるわけにはいかない。まったく新しい前衛芸術を太鼓で表現したい、それは世界で初めての試みで、出来るのはひとり自分だけ、という自負と信念。頼れるものは自分の感性とセンス、そしてインスピレーションのみ。

日本では殆ど顧みられることのない太鼓だったが、何とかなるかもしれないという希望の星のようなものはあった。

それは集団生活時代、団員全員によるアメリカ遠征公演で、小澤征爾指揮のボストン交響楽団との共演で得た非常に高い評価だった。カーネギーホールでもソリストとして演奏した。ヨーロッパでもいろいろな国で演奏したが、いずれも大成功をおさめ、これら海外での成功は、独立してからの英哲にとって大きな励みになり、自信につながったと思われる。

英哲が操るのは大太鼓だけではない。太鼓は小さいものでは、うちわのようなうちわ太鼓から始まって私たちが知らないものまで非常に種類が多い。バチも大きなものから小さいもの、長いものから短いものまでいろいろあり、それらすべてを、英哲は自由自在に使いこなす。

ソリストとしての演奏だけでなく、長年かけて育成した弟子の集団と共に、スペイン舞踊団と華麗な舞台を繰り広げるかと思うと、日本の著名なジャズピアニストとラベルのボレロを共演する。このときは私も観客席にいたが、二人の舞台はすさまじいもので、会場内は興奮のるつぼと化した。ベルリンフィルとはクラシックを共演する。伊藤若冲や藤田嗣治などの美術家へのオマージュをテーマに舞台を創る。日舞、三味線、尺八や琴、ヴァイオリン奏者などとも共演する。歌舞伎俳優による踊りを取り入れて、歌舞伎と太鼓のコラボで興味深い舞台を創る。

英哲は太鼓を打つだけではない。見事な歌唱力で、太鼓を打ちながら、朗々と歌い上げる。その歌も素晴らしい。

楽曲を創り、演出し、振付けをし、衣裳のデザインも手がけ自らも打つ。英哲が目指した和太鼓の劇場舞台は、ほぼ完成したように思われる。しかし、本人は決して現状に満足せず、実験に次ぐ実験。改良し、又改良を重ねる。常に新しいことに挑戦し、可能性を暗中模索し続けるその姿勢は、今も昔も変わりない。

世の中は、昨今、和太鼓ブームである。太鼓を演奏するグループは、全国で一万五千を超えるという。愛好者となると、老若男女数十万人以上と言われるから、驚きである。

アメリカのスタンフォード大学では、学科として太鼓音楽が存在し、単位がもらえる。長年、英哲は、国内外で、それこそ数え切れないほど多くの人々に太鼓を指導してきた。

しかし、太鼓を楽しむ人々の中で、どれだけの人が、太鼓音楽の歴史、その由来を知っているだろうか。英哲がいなかったら、太鼓は相変わらず祭りなどで威勢よく打たれるだけの存在で、今の太鼓ブームなどはなかったはずだ。太鼓音楽の黎明期に、英哲がそれこそ死に物狂いで、苦しみもがきながら頑張ったからこそ、日本の和太鼓の今がある。そのことをもっと広く知ってほしい、と思うのは私だけだろうか。

太鼓音楽は、英哲の舞台を一度でも見れば分かると思うのだが、深い。そして品格がある。それに反し、今の太鼓ブームは、奇をてらい、目立つことを目指して舞台を創る、どちらかと言えば商業主義的な傾向が強いように思われる。確かに、楽しむため、娯楽のために舞台はあるべきだが、それにしても、多くのグループが入り乱れ混沌としている印象が強い。太鼓文化として、まず、核となるものを中心に広がっていってほしい。

英哲が苦労して考案し、やっと確立した奏法、正対構えも、そのことを知らず、まるで昔からあった奏法のごとく、多くの奏者が打っている。

英哲は、芸術選奨文部大臣賞および日本文化芸術振興賞を授与されている。二〇一七年春には松尾芸能賞も受賞した。また、文化庁より文化交流使として海外へ派遣され、太鼓指導に当たった。東日本大震災復興支援公演も勿論、実施した。洗足学園音楽大学、東京芸術大学の客員教授でもある。これだけたぐいまれな立派な業績を上げ今も、現役で一生懸命頑張っている。著書、CD、DVDも数多くあり、英哲の活動範囲は、実に多岐にわたる。

私は、太鼓が、立派な日本の古典芸能として、もっともっと広く認知されるために、国立の太鼓堂を建立してほしい、と強く願う。歌舞伎には歌舞伎座がある。

能には国立能楽堂がある。太鼓も、それなりの場所があってしかるべきではないか。もうその時期は到来しているのではないだろうか。

二〇一二年には、十一月一日を「古典の日」として定める法律も出来た。

新しい太鼓堂が出来たら、堂長として、英哲以上の適任者はいない。英哲に、完成した太鼓堂で舞台開きの太鼓を打ってほしい。その第一打が聴きたい。そんな日が一日も早く来てほしい。

太鼓堂は、必ずや太鼓文化の「核」となるだろう。入り乱れている今の太鼓グループも、自分たちの太鼓舞台にもっと誇りをもつようになり「核」を大切にしながら練磨し、互いに競い合い、進化し、そこから、今の私たちには想像もつかないような、全く新しい太鼓芸術が生まれてくる可能性だって十分あるのだ。

思えば一六〇三年、今から四百年以上もむかし、出雲の阿国の一座が、江戸の小さな芝居小屋で「かぶき踊り」を踊ったのが、今の歌舞伎の始まりだった。当時の観衆はむしろに座りあるいは寝そべって、食べたり飲んだりしながら、現実の暮らしから逃避して夢のひとときを楽しんでいたのだろう。よもや、目の前の阿国の踊りが進化して、遠い遠い将来、自分たちの国にとってなくてはならない古典芸能の宝「歌舞伎」として君臨するようになろうなど、夢にも思わなかったことだろう。

一九七〇年、十九歳の英哲が佐渡島へ降り立ってから四十数年、稀有の天才英哲の心血を注いだ不断の努力で、和太鼓は古典芸能の仲間入りを果たし、内容的にも、歌舞伎や能などと比較して遜色ない芸術にまで発展した。しかし、残念ながらまだ国立太鼓堂がない。

それでも、和太鼓が歌舞伎や能と全く同じレベルの認知度で人々の間に広まってゆくのは時間の問題であり、そのときまでの、その過程を、その歴史を、私たちは今、体験しているのだろう。今、英哲の舞台に酔いしれている観衆も、阿国のときの観衆と、何ら変わりないのだ。

三つの宝物

誰かにたずねられた。
「あなたは、この世に別れを告げるとき、あなたの人生で本当に大切だった人、物、その他すべてを、きれいさっぱり捨てて、一切未練を残さず、純粋に、生まれたときのままのあなたに戻って旅立つことが出来ますか」

長い間、この問いへの答えを考えてきた。

振り返れば、とても長く、それでいてとても短い人の生涯。目を閉じれば、あんなにもたくさんの思い出に包まれて形作られてきた我が人生がある。

忘れてしまいたい人間関係もあれば、幸せな楽しい思い出に満ちた多くの友情もある。それらすべてを「執着にすぎない、今生かぎりの縁」と切り捨て、自分自身の魂だけに戻り、あの世へ向かうべきなのだろうか……。そうあるべきなのだろうか……。

でもやはり……やはり……。どうしても、どうしても捨てられないもの、絶対、捨てたくないものがあるのだ。目に見えないし、お金で買うことも絶対、出来ないもの。どうしても、永遠に縁をむすんでいたいもの。大事な「三つの宝物」。

一つ目は、既にあちらの世界へ逝ってしまった両親、そして日々、共に暮らした愛犬たちとの楽しい思い出。そして現存する四人の姉妹と姪の美芳への愛情

二つ目は、大切な友人の美保ちゃんとの絆

三つ目は、人生の、秋もたけなわとなってから巡り逢い、私を大きく成長させてくれた一人の男性

今日は、二つ目の、美保ちゃんのことを記してみよう。

三十年前、当時八歳の美保ちゃんに私は英語を指導していた。ある晩いつものレッスンが終わって、子どもたちと一緒に教室の外の石段をおりて帰ろうとしたときだった。

ちっちゃな美保ちゃんは、体にそぐわない、大変大きな懐中電灯を持っていたが、その電灯で、私の足元を照らしてくれ、かわいい声で、大丈夫ですか、大丈夫ですか、と気づかってくれるのである。自分は真っ暗な石段をおりながら、ひたすら私のことを心配してくれるその優しさに、こんなに幼い子が……私はすっかり感動してしまった。

七年間指導し、美保ちゃんは優しいだけでなく、中学の英語の定期テストは毎回クラスで最高点、１００点満点かそれに近い点数を獲得する優秀な生徒だった。

個人的な事情で私は上京することになり、美保ちゃんとも別れることになった。沢山子どもたちを指導していても、別れると、大体それっきりになる。ところが美保ちゃんは違った。

毎年、年賀状をくれ、高校大学に進学、卒業してからも、卒業写真や、海外旅行、就職など、折に触れて写真や手紙をくれた。そんな交流が続き、振り返ると、いつの間にか、初めて美保ちゃんと出逢ってから三十年の月日が流れていた。

美保ちゃんのことだ。勤め先でも非常に有能な人材として重宝されていることだろう。それは間違いない。本人は結婚を望んでいると思われたが、なかなか美保ちゃんに見合う人を見つけるのは難しいかもしれない。

でもそれは私の杞憂に終わった。美保ちゃんに、一目で「この人」と思う男性がついに現れたのである。双方同じ思いで、二人は、お互いが出逢うときを、ずうっと待ち続けていたのかもしれない。こんなに嬉しい「結婚」の報告は、かつてなかった。

そして一年後、二〇一六年一月二十七日、舞ちゃんが誕生した。生まれてひと月足らずの舞ちゃんの写真が早速送られてきた。

私は、この舞ちゃんの顔を、目を、どう表現したらよいのだろう。大きな瞳は、真正面から、まっすぐ私を見つめる。私に何かを語りかけている。

普通、赤ちゃんの目は、まったく濁りがなく澄んでいる。悪いことを考えたり、汚い心の人や物をいっぱい見てきた大人の目は濁っている。赤ちゃんの目は本当に美しい、かねがねそう思っていたが、舞ちゃんの目はそんな単純な目ではなかった。赤ちゃんにこんな目があるのだろうか……。どこまでも深い。吸い込まれそうになる。優しさにあふれていて、既に知性さえ備えているではないか。この目は、私の心をすべてお見通しだ。ずっとこの目を凝視していることが出来ない。恥ずかしくなってくるような気持ちになる。何という目だろう。「真実の目」なるものがあるとしたら、こういう目のことを言うのかもしれない。ふと、私は、舞ちゃんの写真の前で手を合わせている自分に気がついた。

美保ちゃんとの三十年の歴史は、私にとってかけがえのない財産である。三十年という月日は長い。私たちの長い交流は、年齢差も、遠く離れて暮らす距離もまったく関係なく、私の場合、年を追うごとに、彼女への敬意、信頼、愛情が育まれていった年月だった。お互いに何も求めず、根底にあったのは、相手の存在をとても大切に思う気持ちだけだったように思う。「去る者は日日にうとし」ということわざがある。どんなに親しくしていても、離れて会うこともなくなると、次第に気持ちが薄れ、忘れてゆく、という意味で、これはほぼ、真理だと思う。しかし、美保ちゃんに関しては、このことわざは通用しなかった。私の心の奥底に、彼女から離れたくない、という強い願望があったからだった。

誰にとっても、人生で唯一、一番大切なものは「優しい思いやりの心」ではないだろうか。そのことに気づけば、より大きな視点で、自分の人生を、そして、その他のすべてを俯瞰(ふかん)できると思う。私はそのことを、既に三十年前、幼い美保ちゃんからしっかり学んだ。彼女と出逢ったことは、私にとって、本当に大きな幸運だった。

今現在、何の問題もない人も、人生いつ何が起きるか分からない。ただ何が起きようと、私は人生の幕がおりる時、振り返って、自分の人生を肯定し、満足し、心から感謝して、三つの宝物をしっかり胸に抱きしめて旅立ちたいと願う。

そんなことを思っていると、心が幸せな気持ちで満たされてゆく……。

そして天を仰いでいる自分に気づく……。

ああ、そうなんだ。人は幸せなとき、空を、天を仰ぎ見るのだ。地面を見下ろしながら、幸せだなあ、とは思わない。落ち込んでいるときだ。うつむきがちになるのは。

だから、悲しいとき、寂しいときは、天を仰げばよいかもしれない。きっと、気持ちは晴れることだろう。


大事な三つの宝物と舞ちゃんの瞳に、心を込めて乾杯！

「頑張ってください」という言葉

「頑張ってください」「頑張れよ」「頑張ってね」「頑張れ、頑張れ」私たち日本人の心に、深く染み付いている言葉。無意識にすぐ口をついて出る言葉。この言葉を口にするとき、私たちはその意味をいちいち考えたりしない。

受験や入社試験を控えている人には幸運を祈る言葉となり、スポーツなど試合に挑む人には励ましの言葉となり、長い闘病生活を送っている人には希望の言葉となり、結婚式では新郎新婦の前途を祝す優しいはなむけの言葉となる。ありとあらゆる場面で使われる言葉。口先だけでなく心を込めて言うと、相手も感動し「有り難う、頑張ります」と感謝しながら答える。私たちは誰でも、この言葉を、相手にとって善かれと思って使っている。

私達の心に染み付いている日本語は、他にもいろいろある。「有り難う」「すみません」など。ただ「有り難う」とか「すみません」と言われて傷つく人は、まずいないだろうが「頑張ってください」は、少し違うのではないだろうか。

そう思うようになったきっかけは、二〇一一年三月十一日の未曾有の東日本大震災だった。この時から、私は「頑張れ」という言葉を、以前のようにためらうことなく、ことあるごとに口にすることが出来なくなった。相手がどういう状況にある人か、まず考えてから使わなければ、と思うようになった。

他者に対して「頑張ってください」と言うとき、この言葉は、時として使うのに不都合な場合があるように思えてきたのである。私たちの、相手をいたわり励ます気持ちとは裏腹に、相手を苦しめてしまうときがあるのではないか、と思えてきたのだ。

二〇一七年三月、大震災からもう六年が経った。地震列島、日本。この狭い国土で、巨大地震、巨大津波だけでなく、原発事故という、人の手に負えない、悲惨極まる災難に見舞われた人たち。まったく予測出来ない大災害に突然襲われ、それまで積み重ねてきた全人生が、木っ端みじんに砕かれてしまった人たち。

私たちは、普通、他者の苦しみをある程度までは想像し、理解することは出来る。しかし、その理解たるや、どれほどのものだろう。人は、自分が相手と全く同じ苦しみを体験したときしか、相手の苦しみを「そのまま」理解することは出来ない。

愛する家族や親族、大切な友人や同僚、上司や部下を瞬時に失い、やっと建てたばかりの家を瞬時に失い、漁一筋に人生を送ってきた人たちが船を失って、放射能で汚染された海で漁をすることも出来ず、青く輝く広い海を、ただ見渡すことしか出来ないとき、彼らの胸に去来する無念さを、私たちは真に理解出来るだろうか。

大切な家畜を処分され、仕事を失い、地域のつながりを断たれ、生まれ育ったふるさとを追われ、家族が離散し、見知らぬ町で希望するような新しい仕事など、とても見つからず、将来の展望も生活設計もままならぬ人たちの気持ちが、私たちに真に理解出来るだろうか。

せっかく震災で助かったのに、生きている苦しみに耐えかねて、自ら命を絶ってしまう人たちの胸の内が、私たちに真に理解出来るだろうか。

たとえ震災で助かっても、放射能が将来、子どもにどんな影響を及ぼすか分からず、不安を抱えたまま、おびえながら生きてゆかなければならない親の気持ちが、私たちに真に理解出来るだろうか。

「時」は残酷だ。「時」と共に、人は忘却してゆく。けれども、あるときは「時」は優しくて、忘れることで私たちは癒され、立ち直ることも出来る。

しかし、どんなに「時」が経とうとも、季節は巡り、夏が来ると、真夏の光を浴びて笑う宝物だった我が子の笑顔が胸によみがえるのだ。白い雪道を、元気な姿で学校に通う我が子の姿がよみがえってしまうのだ。そのたびに、新たな悲しみに襲われる母親の心中が、私たちに真に理解出来るだろうか。

「時」が経てば経つほど、悲しみがいや増す人たちがいるのだ。

また、たとえ子どもは助かっても、津波で夫を、妻をさらわれて、突然ひとり親の家庭になり、仕事と子育てのはざまで苦しみ、支援なくしては暮らしてゆけない人たちもたくさんいるのだ。

眠れない夜に苦しみながら生きてゆく彼らに、「頑張ってください」と言う言葉をどうしてかけることが出来よう。

彼らはきっと「何をどう頑張ったらよいのですか。教えてください。頑張れば、大震災の前の、元の生活に戻ることが出来るのですか。戻れるのなら、命がけで、いくらでも頑張ります。どうか教えてください」と言うことだろう。

私は「頑張れ」というこの言葉を「いつでも自由に使ってよい」のは、使う本人が、自分自身に叱咤激励の気持ちを込めて使うときだけ、のように思う。

では、励ましたいのに「頑張ってください」という言葉がかけられないとき、私たちはどうすればよいのだろう。

言葉は必要ないのだ、きっと。黙っていてよいのだ、きっと。しかしこれは忘れるということではない。私たちは被災者の苦しみを決して忘れてはいけない。彼らの心にいつまでも寄り添っていること。「私たちは、決してあなた方のことを忘れません。あなた方のつらいお気持ちを、わずかでも分かち合っていたいのです。いつもそばにいます。決して風化などさせません」

私たちのこの（祈り）は、必ず彼らの心に届く、と思う。「頑張ってください」という言葉より、はるかに心強い味方となる。大きな心の支えになる、と思う。

真の味方がいつもそばにいてくれる、と彼らが私たちを信頼してくれたそのとき、彼らの心は、やっと、（復興）のスタートラインに立てるのではないだろうか。心の底に溜まっている不安や不満が、やっと、少しずつ、払拭され始めてゆくのではないだろうか。不自由なプレハブ仮設住宅の中でも、ほんの少しは、安らかに眠れるようになるのではないだろうか。

そして小さな希望のともしびと共に、彼ら自身の口から自然に「頑張ろう」という前向きな言葉が出てくるのではないだろうか……。

岩手県大槌町、浪板海岸を見渡す高台に、一個人が開いた「森の図書館」がある。周囲に広がる庭園の草花の中に、白い電話ボックスがぽつんとひとつ。「風の電話」である。

その中に、電話線のつながっていない昔の黒い電話が置かれている。

訪れた人は受話器を取り、震災で亡くなった大切な人へ、自分の今の思いを伝えるのだ。生きている間、十分なことをしてあげられなかったことを詫びるのだ。それでも、一緒に生きて、とても幸せだった、有り難う、と深く感謝するのだ。電話の向こうの人と、確かにつながっている感覚……。受話器を握りしめた手をいつまでも離さず、大切な人の言葉をじっと聴く……。

電話ボックスの上を、風がゆっくり吹き渡ってゆく……。

二〇一七年になっても、プレハブ仮設住宅での「孤独死」は増え続けている。

震災後の五年間で、百九十人が命を落とした。おもに高齢者である。
また、福島県だけでも、八十五人が、自ら死を選んだ。
街の復興は、少しずつ進んでいるとは言うものの……。

著者プロフィール

左樹 早苗（さき さなえ）

岡山県生まれ。
マギール大学（カナダ・モントリオール）卒業。英文学・哲学を学ぶ。
カナダ・アメリカ・ベルギー・ドイツにて14年間の海外生活を送る。
長年英語塾「wab」を主宰。
東京都在住。
著書：『まんだら山のスズメと桜』（2005年　文芸社）

三つの宝物 ヒグラシの森に風は流れて

2017年12月15日　初版第１刷発行

著　者　左樹 早苗
発行者　瓜谷 綱延
発行所　株式会社文芸社
〒160-0022　東京都新宿区新宿1－10－1
電話　03-5369-3060（代表）
03-5369-2299（販売）

印刷所　図書印刷株式会社

ISBN978-4-286-18904-8